# LIBERDADE

## Obras da autora publicadas pela Galera Record

*Anatomia de um excluído*
*Liberdade*

# ANDREA PORTES

# LIBERDADE

## A ESPIÃ QUE (MEIO) GOSTAVA DE MIM

Tradução
Alda Lima

1ª edição

**Galera**

RIO DE JANEIRO

2018

CIP-BRASIL. CATALOGAÇÃO NA PUBLICAÇÃO
SINDICATO NACIONAL DOS EDITORES DE LIVROS, RJ

P879L
Portes, Andrea
Liberdade / Andrea Portes; tradução Alda Lima. – 1. ed. – Rio de Janeiro: Galera Record, 2018.

Tradução de: Liberty: the spy who (kind of) liked me
ISBN 978-85-01-11328-3

1. Ficção americana. I. Lima, Alda. II. Título.

17-46418

CDD: 813
CDU: 821.111(73)-3

Título original em inglês:
*Liberty*

Copyright © 2017 Andrea Portes

Publicado mediante acordo com HarperCollins Children's Books,
um selo da *HarperCollins Publishers*.

Todos os direitos reservados.
Proibida a reprodução, no todo ou em parte, através de quaisquer meios.
Os direitos morais do autor foram assegurados.

Texto revisado segundo o novo Acordo Ortográfico da Língua Portuguesa.

Editoração eletrônica: Abreu's System

Direitos exclusivos de publicação em língua portuguesa somente para o Brasil
adquiridos pela
EDITORA RECORD LTDA.
Rua Argentina, 171 – Rio de Janeiro, RJ – 20921-380 – Tel.: (21) 2585-2000,
que se reserva a propriedade literária desta tradução.

Impresso no Brasil

ISBN 978-85-01-11328-3

Seja um leitor preferencial Record.
Cadastre-se e receba informações sobre nossos
lançamentos e nossas promoções.

Atendimento e venda direta ao leitor:
mdireto@record.com.br ou (21) 2585-2002.

**PARA MINHA MÃE E MEU PAI,**
*Vocês sempre serão minha base.*

**PARA MEU MARIDO,**
*Você sempre será meu lar.*

**PARA MEU FILHO,**
*Você sempre será meu céu.*

# PRELÚDIO

Tudo vem a você em poeira e ondas. A luz, a areia soprando pela fresta da porta do carro, apenas o bastante para passar na frente de minha mãe. Um rosto bidimensional com meu pai ao lado. Do outro lado do mundo. Ele diz alguma coisa sobre se preparar, *Ei, querida, prepare-se, estamos quase lá.* Algo sobre um posto de fronteira. Escuto minha voz chegando pela tela: "*O que está fazendo aí, mãe. O que você está fazendo aí?*

Ela tenta ser gentil, tenta ser compreensiva. Agora as palavras são *nada com que se preocupar — por favor, não fique chateada, logo estaremos em casa.*

Minha voz diz, *O que pode ser tão importante, o que poderia ser tão horrivelmente importante para forçá-la a sair de Istambul e ir mais para o norte, sabe Deus para onde?*

*Damasco,* diz ela. *E é seguro, tem uma missão lá, e as freiras não irão embora, apesar do perigo. E é o que fazemos, querida, é isso o que fazemos.*

Então, meu pai diz alguma coisa como *Aqui estamos, chegamos ao posto de fronteira.* O motorista está conversando com meu pai em árabe, meu pai responde, e, por um instante, é tudo rotina, apenas papelada e documentos de identidade e algumas perguntas; até uma piadinha sobre a foto da identidade — *Eu era mais jovem na época, rapaz, e como!*

Estou prestes a falar, mas minhas palavras jamais saem, porque, então, escuto o som de tiros.

Tiros em rajadas e arábico, e poeira deixando o ar nebuloso, e ordens rápidas vindo de alguém de fora do carro, e a tela não mostra mais minha mãe nem meu pai. A tela mostra o assento do banco de trás do carro enquanto o som continua, rá-tá-tá, rá-tá-tá.

Nenhuma palavra de adeus, nenhuma promessa de que vai ficar tudo bem, nem mesmo tempo para um *Eu te amo.*

Apenas balas.

— *Mãe? O que está acontecendo? Onde você está; me diga agora, onde vocês estão?!*

Mas a tela não tem nada a dizer agora, e o carro não tem nada a dizer, e não há mais palavras vindo do carro porque agora o carro está vazio.

O carro está vazio.

— *Mãe?... Pai?*

E, então, há apenas silêncio.

I

# 1

Tudo bem que eu conte minha história agora, né? Quero dizer, há algumas coisas que provavelmente deveria deixar de fora. Só para que todo mundo se sinta melhor. Só para não estraçalhar nossas ilusões de que o mundo é um lugar maravilhoso, ou seja lá o que for.

Mas, talvez, não haja sentido nisso. Você sabe, encobrir. Talvez seja melhor colocar tudo na mesa logo para que você possa apenas olhar e decidir se quer ver as coisas como elas são, ou simplesmente não ver e se afastar. Quero dizer, a escolha é realmente sua.

Muita gente deixa de ver muita coisa, todo dia. Pense nisso. Todo dia você anda por aí, passando por algum cara na rua, do lado de fora de uma Starbucks, ou no parque, ou na calçada, você simplesmente não vê. Ou aqueles policiais parando aquele cara negro ou aquele cara moreno ou aquele cara tudo-menos-branco. E você simplesmente meio que não vê, certo?

E, então, um dia, você simplesmente meio que esquece até mesmo que está vendo qualquer coisa. É tudo apenas subconsciente. É só ruído branco. É simplesmente normal.

Mas, então, às vezes, aparece uma pessoa, ou uma coisa, e aquilo o abala. Aquilo lhe dá um estalo. E, de repente, você pode ver novamente.

É quando você precisa fazer uma escolha.

Vou voltar? Ou vou continuar vendo isso?

Porque, se eu continuar vendo essa coisa bem a minha frente que é tão injusta, uma hora vou ter que fazer algo a respeito.

Olhe, não estou aqui para mudar a vida de ninguém nem nada. Só estou tentando contar uma história. Mas estou perguntando... o que estou perguntando é... Posso simplesmente contar? Posso simplesmente contar isso como isso aconteceu?

Se eu contar a você, precisa guardar segredo, ok?

Apenas mantenha em segredo.

# 2

Certo, tudo bem, obviamente há alguns detalhes que precisamos rever. Você talvez vá querer saber quem é essa que está aqui. Você sabe, euzinha. Aquela que invade sua vida neste momento.

Sou uma expatriada. Bem, não realmente uma expatriada. Sou na verdade filha de dois expatriados. Então, assim, meu status de expatriada foi imposto a mim.

Não se preocupe. Não tenho raiva de meus pais por isso. Não poderia ter raiva nem se quisesse.

Eles estão mortos.

Ou *provavelmente* mortos.

Ninguém sabe.

Vamos chegar a essa parte mais tarde. E não tenha pena de mim. Não suporto quando conto às pessoas, porque só a expressão de preocupação é o bastante para me fazer buscar o bar mais próximo. Sério.

E só me faça um favor. Quando eu contar o que aconteceu... não surte.

A coisa toda começou com uma idiotice. Quero dizer, algo realmente banal.

É sempre alguma coisa idiota. Uma coisa que você nunca achou que daria em outra. Uma coisa na qual você nem pensava. Nos filmes você sempre sabe quando *a coisa* está acontecendo. A música aumenta. A câmera dá um close. A protagonista olha para o alto, abismada. E você sabe. Esta *é a coisa*. A coisa que vai mudar vidas.

Mas não na vida real. Na vida, é só um encolher de ombros, e eu fiz essa coisa, e, então, aconteceu aquela outra coisa, e depois aconteceu isso. E você nunca sabe qual é a coisa até olhar para trás e pensar: *Ah, meu Deus, foi isso. Como eu não sabia?*

De certa forma é enlouquecedor. Essa coisa que muda vidas.

Quer saber qual foi?

Um Applebee's.

Sim, um Applebee's.

Mais especificamente, o Applebee's da Interestadual 99, saindo de Altoona. Fica na Pensilvânia, se por algum motivo você não souber onde fica ALTOONA. Esse é o lugar onde o destino me colocou em um feliz e inocente dia de primavera de abril de 2015. Eu estava voltando de Pittsburgh, dirigindo e escutando Majical Cloudz, cuidando da vida quando, simples assim, a natureza chamou. A natureza chamou, e tive que fazer uma parada nesse lugar esquecido por Deus, que, sejamos sinceros, é no meio dos montes Apalaches. Isso aí. Cidade de *Amargo pesadelo*. E o único lugar aberto — em que parecia que eu não seria sequestrada e trancada em um porão com a entrada disfarçada por uma máquina de gelo — era o Applebee's de Altoona, no Logan Valley Mall. (Servindo orgulhosamente minissanduíche de carne assada com molho de pimenta agridoce, como especial de happy hour!)

Normal, certo? Mas não se deixe enganar. Se eu não tivesse parado no Applebee's da Interestadual 99, a duas horas de Pittsburgh, nada disso jamais teria acontecido.

Agora, o que eu estava fazendo em Pittsburgh? Bem, meus pais me criaram para ser meio que uma liberal instintiva; sabe, uma daquelas pessoas que irritam todos à mesa do jantar, falando sobre a extinção dos ursos polares ou #vidasnegrasimportam, realmente se importando sobre os escravos no mar da costa asiática? Isso. Sou uma dessas. Uma agitadora.

Meus pais não fizeram isso porque queriam irritar todo mundo a meu redor pelo resto da vida. Nem fizeram de propósito. Por eles, eu podia ter me tornado uma histérica ruborizada do Tea Party, porque a decisão foi dada a mim, considerando que eles são/eram liberais sentimentais que acreditam nessa coisa doida de que todo mundo tem que ser quem bem entender.

Mas eles são/eram jornalistas. E dos bons. Havia uma implicanciazinha entre eles sobre quem tinha mais prêmios Robert F. Kennedy, quem entrou no *New York Times* e quem poderia um dia ganhar o National Book Award. (Minha mãe levou, há quatro anos, e acho que usou aquele troféu como um chapéu durante dois meses seguidos.)

Mas não vamos falar deles agora, porque ainda não quero começar a chorar. Só quero contar a você por que eu estava em Pittsburgh para começo de conversa.

Tem um lugar em Pittsburgh chamado Universidade Carnegie Mellon, onde há um premiado programa em robótica. Sem entrar em mais detalhes sobre o que andam criando por lá, e assustando você até a morte, vou dizer apenas que eu queria ver pessoalmente, fazer umas anotações, conversar com os designers e escrever a respeito para minha monografia sobre inteligência artificial. Até agora, o título é: "Inteligência Artificial: Imortalidade humana ou monstro Frankenstein?". Olhe, podemos discutir isso depois.

O problema é que ainda sou um ser humano com funcionalidades humanas, e isso envolveu visitar um banheiro para humanos em um restaurante de humanos chamado Applebee's.

Era para ter sido fácil. Era para ter sido rápido. Simples.

A questão é que... havia um monte de famílias lá. Famílias fofas. Famílias com criancinhas desenhando a giz de cera, naqueles jogos americanos de papel elaborados para deixar as crianças quietas na mesa, e não correndo pelo lugar, trombando nas garçonetes. Havia bebês, crianças de colo e garotos de 5 anos com camisetas do Batman. Havia até uma menininha fantasiada de Elsa. Sem nenhum motivo. Não é Halloween. Mas vá em frente, fofinha, vista-se de Elsa sempre que quiser. Seja *você*.

E isso teria sido ótimo, as famílias.

Exceto que, ao sair do banheiro, se você olhasse para os rostos das mamães, teria notado que havia alguma coisa errada. Alguma coisa estava seriamente errada. As mães pareciam preocupadas. As mães surtavam, mas tentavam não surtar por causa dos filhos; toda mãe sabe que deve manter o controle na frente dos filhos, senão eles podem ficar apavorados.

Então, eu olho. Vou ver por que estão preocupadas. Não consigo evitar, me sinto mal por elas. Já é difícil o bastante para as mães. Tente *você* cuidar de crianças. Uma vez fui baby-sitter e precisei dormir por uma semana.

E, então, eu vejo. Ou, mais precisamente, eu *os* vejo.

Aqueles caras.

Dois deles.

Vamos chamá-los de Cachorro-Quente e Hambúrguer. Por que vamos chamá-los de Cachorro-Quente e Hambúrguer? Porque um é alto e pesa 1,5 kg, e o outro é baixo e pesa uns 150. Mas não é isso que há de errado com eles. Não seja imbecil.

O que há de errado com eles é o seguinte:

Esses caras estão parados ali. Um de jaqueta jeans com a bandeira da Confederação. Outro de camiseta do Slayer. Parecem ter mullets iguais. Parecem tê-los cortado eles mesmos. Porém, uma vez mais, não é o que há de errado com eles. Não seja superficial.

O que há de errado com eles é que os dois carregam o que parecem ser fuzis AK-47, pendurados nas costas, simplesmente nas costas, como se estivessem no Applebee's do Iraque. (Que não existe.) Ambos também têm armas extras, só por precaução, em seus coldres. Pistolas.

Se você fosse falar com eles, aposto que diriam que têm muito orgulho de suas armas. Que AMAM suas armas! Querem se casar com elas! Mas você não terá tempo de falar com eles.

Neste exato instante, eles estão assediando o pobre gerente do Applebee's, que meio parece um Ned Flanders, de *Os Simpsons*, só que muito mais novo. Eis a conversa:

— Senhor, vou precisar pedir que se retirem; temos famílias aqui, e vocês estão perturbando a refeição.

As mães parecem tensas. Todos estão tentando ouvir. Uma delas vai embora, debruçando-se sobre os filhos na saída. Não a culpo. A maioria das outras chama as garçonetes ansiosamente, querendo ir embora também. Não parece haver pais aqui hoje. Talvez estejam todos trabalhando. Afinal, são 11 horas da manhã de uma terça-feira.

Cachorro-Quente e Hambúrguer respondem com um cartão. Parece alguma coisa plastificada. Olho por cima de seus ombros. Ah, uma cópia da Constituição. Claro!

Hambúrguer é o primeiro:

— É meu direito divino estar aqui. É meu direito andar armado. Este é um país livre, da última vez que verifiquei.

— É, nossos antepassados conquistaram isso pra gente! — acrescenta Cachorro-Quente.

Tenho certeza de que Thomas Jefferson ficaria emocionado.

Outras mães saem, em pânico.

E não consigo evitar.

Não é uma coisa que eu devia fazer, mas faço mesmo assim.

(Nunca fui muito boa com regras sociais.)

Eu me intrometo.

— Boa tarde, Cachorro-Quente e Hambúrguer! Acredito que está na hora de saírem deste estabelecimento!

# 3

Acho que esqueci de mencionar que tenho um 1,55 metro de altura, cabelo castanho-claro sem brilho e a pele no tom entre papel e a parte interna de uma batata. Além disso, estou meio abaixo do peso, porque tenho o que os médicos disseram ser "transtorno dissociativo", o que me faz não perceber que, de fato, possuo um corpo e que, de fato, preciso alimentá-lo.

Então, não sou exatamente grande. E não pareço exatamente durona. E estou no meio dos montes Apalaches.

Portanto, você pode imaginar a cara que eles fazem para mim.

Não é bem uma risada.

É mais incredulidade.

É mais... *Que porcaria essa pequena elfa acha que está fazendo aqui?*

É mais... *Você está brincando comigo, pequena?*

E agora está todo mundo encarando. As mães. As garçonetes. Até as criancinhas. Aquelas carinhas de bebê, encantadas. E preciso protegê-las. Não sei *por que* sinto que é meu dever. Mas por algum motivo, é.

E, de alguma maneira, parece que isso não está realmente acontecendo. Que, no momento que falei aquilo, pisei em um universo alternativo.

— Está de sacanagem, porra? — pergunta Hambúrguer. Ele é o líder.

— Senhores, e estou usando esse termo levianamente, gostaria que se controlassem e não falassem palavrões na frente das crianças. A maioria ainda não tem nem 5 anos, e elas não deviam ser submetidas a tais vulgaridades. No entanto, a questão mais urgente aqui é *que eu gostaria que saíssem deste estabelecimento.*

— Está doidona ou coisa assim? — Esse era Cachorro-Quente. O óbvio cérebro por trás da operação.

— Vou contar até três.

Agora Hambúrguer.

— EU vou contar até três, docinho. Que tal assim?

Ele pega a pistola. Aponta para mim.

Opa, isso piorou rapidamente.

Viro para Ned, o gerente.

— Está vendo isso, certo? Ataque com uma arma letal?

Ned apenas engole em seco. Volto-me para os gêmeos *barbecue.*

— A doçura de meu ser não é de sua conta. Além disso, o problema é que tenho um transtorno dissociativo. Então, quando você aponta essa arma para mim, é como se estivesse apontando para um estranho. Entende?

Eles não sabem bem o que pensar daquilo.

Quem saberia o que pensar? Imagine você se ver de fora. Como se fosse uma mosquinha no teto, se observando. E, neste momento, com uma arma apontada para mim na entrada do Applebee's em

Altoona, definitivamente sinto como se estivesse observando a mim mesma.

— Vou lhes dar uma última chance de sair deste estabelecimento.

Eles continuam parados.

— Têm certeza? Realmente não quero humilhar ninguém na frente de todas essas pessoas. Apesar de, na verdade, vocês já terem se humilhado ao entrar com uma arma semiautomática em um Applebee's.

— Cale a porra da boca, piranha idiota.

A arma ainda apontada, a pouco mais de meio metro.

— Entendo. Então, insistem em xingar. Mais uma vez, sou uma pacifista de coração, então...

— É, dane-se, hippie.

— Vamos fazer uma contagem regressiva, que tal? UM...

O gerente e a garçonete se entreolham e se escondem atrás da mesa da recepcionista.

— DOIS...

As mães protegem os filhos com o corpo, levando-os para os fundos, na direção das mesas.

— DOIS E MEIO.

Os caras agora dão risadinhas. Achando ridículo. Acham que estou enrolando.

Não chegamos ao três.

Se Hambúrguer soubesse o que faz, não estaria apontando a arma tão perto. Porque está perto o bastante para que eu estenda o braço, agarre o cano, torça sua mão para trás e a aponte de volta para ele. Usando a antiga arte marcial filipina de eskrima. Que ele não conhece. E que obviamente não sabe que eu conheço.

E, sejamos sinceros, você também não sabia que eu conhecia. Não é uma coisa da qual fico me gabando por aí. Seria ridículo. Mas, basta dizer, minha mãe andou meio obcecada com muay thai, eskrima, jiu-jítsu e o bom e velho caratê quando eu era criança. Isso nos forçou a ficar todos meio obcecados também.

Não é culpa deles. Cachorro-Quente e Hambúrguer.

Não pareço exatamente faixa preta.

Cachorro-Quente tenta me agarrar por trás, mas esse, na verdade, é o posicionamento perfeito para que eu o lance por cima de minhas costas e o mande direto ao chão. Quero dizer, tipo, esse posicionamento é exatamente onde mandam seu parceiro de turma ficar para praticar o golpe no tatame.

*TUM.*

E lá se vai a AK-47. Que agora cai no chão e, Glória a Deus, não dispara. Pego aquele risco para a saúde em particular bem a tempo de ver Hambúrguer vindo em minha direção com todo o seu peso de hambúrguer grelhado. O que pode ser assustador. Completamente. Exceto se você usa a força de uma dieta a base de bolo de funil ingerido pelo cara contra ele mesmo, e, simplesmente, espera até o último instante antes de dar um passo para o lado, rápido como um raio, e ele acaba usando o próprio peso para acabar de cara na máquina de chicletes.

Meio humilhante.

Se esses caras não fossem tão babacas, eu teria pena. Mas não vamos esquecer quem foi que trouxe as AK-47 para um Applebee's, vamos?

O rosto de Hambúrguer está sangrando, cortado pelo vidro da máquina de chicletes. Além disso, seu nariz está bem feio. Não que fosse bonito antes. Este é um ótimo momento para pegar *sua* AK, o que, vamos falar a verdade, não está dando muito certo em meio a sua iminente fúria cega. Noto Cachorro-Quente se levantando, porque seu reflexo fica visível no vidro da máquina. Neste momento, está se levantando atrás de mim.

Viu? Se eu não estivesse vendo isso do teto, de fato poderia estar apavorada agora.

A coisa com armas é que você sempre pode usar a coronha. O que eu faço. E, agora, ele também está estatelado no chão, sangrando. Hambúrguer ainda parece estar em estado de choque. Cachorro-Quente xinga sozinho. Ambos estão só meio que se debatendo no chão da recepção do Applebee's.

É, *isto* aconteceu.

Os garçons, o gerente e as mães me olham. Como se eu tivesse vindo de Plutão.

Não esperavam aquilo.

É uma criança de 5 anos que rompe o silêncio, a de camiseta do Batman:

— Viu, mamãe?! Isso foi legal!

E sua mãe se permite dar um risinho meio aliviado.

Tiro a munição de ambas as armas e, então, entrego as armas e a munição, separadamente, a Ned Flanders.

— Ok, bem, obrigada por me deixar usar o banheiro — agradeço. — A propósito, seria bom instalar um secador de mãos, considerando que já foi provado que reduziria seus gastos, assim como o consumo de toalhas de papel. É só um alerta.

Passo por cima de Cachorro-Quente e Hambúrguer. Pego no chão a Constituição plastificada e jogo na cara dos dois.

— Tenho certeza de que deixaram George Washington muito orgulhoso hoje.

E foi tudo. Saio dali, deixando o Applebee's de Altoona, Pensilvânia, para trás.

Tenho certeza de que pareceu quase um devaneio para o pessoal presente. Mas tudo bem também, porque, como você sabe, tudo parece um devaneio para mim. Esse é o problema. Ou minha "crise/oportunidade", como dizia minha mãe.

Mas, independentemente disso, eu precisava fazer alguma coisa.

Sabe, odeio armas.

E a única coisa que odeio mais que armas são armas perto de criancinhas.

Sou passional quanto a esse assunto, provavelmente pelo mesmo motivo que tenho esse transtorno dissociativo. Tudo tem a ver com a mesma parte do cérebro que, aparentemente, investe alto em devaneios, obsessões e, naturalmente, *pensar* na pior das hipóteses; também conhecido como se preocupar. É a mesma parte. Sabe, nada é de graça.

Mas a questão importante aqui, no momento? Bem, a questão importante é que eu não sabia que havia uma câmera gravando todo o incidente. Não fazia ideia. E, certamente, não sabia que essa gravação mudaria o rumo de minha vida.

# 4

Todo mundo acha que eles estão mortos.

Meus pais.

Quero dizer, tentam ser legais e oferecem palavras de consolo e apoio. Tentam me dar esperanças. Dizem que milagres acontecem. Coisas assim. Nada sobre arco-íris e potes de ouro ainda. Mas tenho certeza de que esse dia chegará. Afinal, já faz mais de um ano. Então, os discursos de não-perca-as-esperanças têm se tornado cada vez menos convincentes. Particularmente para aqueles que os enunciam.

Se eles tivessem simplesmente parado de se importar com as pessoas, nada disso teria acontecido. Se tivessem simplesmente se tornado como o resto, e nunca tivessem visto as coisas ruins, jamais olhassem para as coisas ruins, apenas se voltassem para suas TVs e internet e infinitas distrações, bem... então, provavelmente estariam sãos e salvos. Envoltos no próprio casulo.

Mas não. Eles não.

Estavam em Istambul pela editora. Sim, os dois eram publicados pela mesma editora na Turquia. Acontece que os turcos leem muito!

Havia uma grande e alardeada feira de livros na cidade, e a editora os convidou para uma noite de autógrafos de seus respectivos livros, além de entrevistas a programas locais, coisas do tipo.

É, eu sei. Eles são meio que famosos. Bem, *renomados*. Intelectuais nunca são realmente famosos. Minha mãe é *renomada* por um livro que escreveu sobre corporações multinacionais, para o qual ela de fato se infiltrou e trabalhou em uma fábrica de Bangladesh por dez centavos ao dia. Foi esse que deu a ela aquele National Book Award, do qual ela tanto se orgulha. Ou costumava se orgulhar. No momento, ela provavelmente não tem mais tanto orgulho, porque provavelmente está morta.

Ai.

Eu sei.

Mas vamos apenas encarar os fatos, está bem?

E meu pai. Seu livro *Do rio para o mar*, adotado nos campi de Princeton a Berkeley, acabou, de alguma forma, sendo a obra seminal sobre Israel/Palestina. Isso lhe garantiu uma indicação ao National Book Critics Circle. (Mas não uma vitória. Naquele ano, a categoria não ficção foi para *O calor de outros sóis*, de Isabel Wilkerson. Competição acirrada.)

Mas em Istambul? Na Feira de Livros de Istambul? Meus pais eram estrelas do rock.

Teria sido ótimo. Perfeito. Tudo muito bem.

Exceto que.

Minha mãe conheceu uma mulher aflita com a irmã. Na Síria. Sua irmã era uma freira da Missão Católica ao norte de Damasco, caminho de Alepo. Em vez de fugir do inevitável avanço do Estado Islâmico, o padre e as freiras resolveram ficar ali com o rebanho. Mesmo com a maioria das pessoas da cidade formada por muçulmanos. A ideia é que era errado abandonar as pessoas. Que ficar era seu dever moral, seu dever divino.

Então, é claro que minha mãe quis entrevistá-los. Essa causa nobre. Essa freira, esse padre, esse rebanho.

Ela garantiu a meu pai que estaria a salvo, mas ele insistiu em acompanhá-la. Eles não passariam de Damasco.

Damasco, não é de surpreender, foi o último lugar onde foram vistos.

Fico repassando isso na cabeça, toda noite, me revirando na cama, tentando encontrar uma pista em algum lugar daquele plano. Uma peça faltando. Talvez a mulher que ela conheceu na feira de livros fosse uma espiã. Talvez tenha sido uma armadilha. Onde ficava essa Missão Católica? Quem eram essas freiras? Ainda estão vivas? Alguém ainda está vivo? Onde estão meus pais?

Ainda vão voltar para casa?

Verei a pele enrugada de meu pai outra vez? Suas camisas verde-cáqui com platinas, um bloquinho de notas sempre no bolso. Seu cabelo rebelde, um cientista louco contador de histórias. Um dia vai me contar suas piadas bobas de novo? Vai me chamar de saco de batatas e me jogar por cima de seu ombro, mesmo eu dizendo que estou velha demais para aquilo e *ai meu Deus, pai, sério, para!?*

E quanto a minha mãe?

Tem um milhão de coisas que penso em relação a minha mãe e a sua decisão de contar aquela história no meio de uma zona de guerra. Processei 531 pensamentos sobre o assunto até hoje. Faltam apenas 999.469!

Mas a verei novamente? Seu longo cabelo louro-claro, as roupas bizarramente descombinadas, as estampas *boho-chic* de Mojave a

Mumbai? Minha mãe, com a inteligência aguçada e os insights concisos. Esta é a questão com ela: minha mãe sempre foi a mais esperta e, sim, a mais estranha da sala.

A princípio, as pessoas a consideravam uma tola. De verdade. Viam meu pai, um pouco mais velho, parecendo ainda mais velho devido aos anos entre Gaza e as colinas de Golã. Viam minha mãe, mais jovem, e de *aparência* jovem. (Ela era vaidosa.) Então, simplesmente presumiam que ele era algum tipo de marido rico e que ela estava naquela pelo dinheiro. Mas então... então... ela dizia uma ou duas coisas na conversa que imediatamente a identificavam como 1) nada tola e 2) meio que genial. E fazia aquilo com humildade. Aí, em algum momento, alguém mencionava seu livro superfamoso ganhador do National Book Award.

Fim de jogo.

Acredite em mim. Já vi acontecer mais de 15 vezes. Era praticamente certeiro.

Outra coisa certeira é a habilidade de minha mãe de perder qualquer coisa. E estou falando de *qualquer coisa*. Se ela já perguntou onde estavam suas chaves com as chaves na mão? Sim. Já pediu ajuda para achar o telefone enquanto falava com você ao telefone procurado? Sim. E quanto a perguntar se você viu seus óculos enquanto os usava? Também.

Nunca encontrei alguém mais esquecido ou distraído que minha mãe. Ela é, tipo, mais que o professor aloprado. É, tipo, a professora maluquinha, cega e aloprada. Eis um exemplo: ela não conseguiria, nem se a própria vida dependesse disso, fazer torradas. Torradas. Ela já tentou dez vezes, e toda vez, toda vez... a torrada fica preta. Ah, mas ela a corta em pedacinhos. Ela a corta até em triangulozinhos ANTES de perceber que estão queimadas. Depois, ela as serve na frente de seja lá quem for o infeliz receptor da iguaria, geralmente papai ou eu. E é quando acontece: ela as vê pela primeira vez. Através de nossos olhos. De verdade. "Oh não!", exclama ela. "Como isso foi acontecer?" E é sincero. Ela realmente fica surpresa.

Foi por isso que meu pai e eu precisamos esconder a torradeira.

— Por favor — insistia meu pai. — Pare de tentar. Tudo bem. Não precisa provar nada. São só torradas.

— Tem certeza de que não é uma metáfora para meu amor e minha habilidade de criar um lar feliz e amoroso? — argumentava ela.

— Sim. Não é uma metáfora para seu amor e sua habilidade de criar um lar feliz e amoroso. Você é uma jornalista, mãe e esposa incrível. Mas, vamos admitir, torrada não é sua praia.

— Não é minha praia?

— Não. Você é antitorradas.

E ele sorria, e ela sorria de volta.

Aquele momento.

Pequenos momentos como aquele.

Sinto falta deles.

Então, era assim. Ele era o chef de cozinha. E mamãe arranjava seja lá quais decorações engraçadas e bobas que se adequassem ao tema. Frango à Kiev para o jantar? "Olhe só essas bonequinhas russas!" Ou uma noite Cinco de Mayo? "Vou arranjar uma piñata! Vamos fazer flores de papel!" Minha mãe tinha esse jeito bobo, mas adorável, de mergulhar de cabeça. Ela pendurava lanternas turcas. Alugava uma máquina de pipoca. Encontrava uma maneira de projetar um filme em uma grande tela no quintal. Uma vez, e não estou de brincadeira, até contratou um artista. Eu sei. Foi tão bobo, mas inegavelmente hilário.

Acho que era o que meu pai amava em mamãe.

Ela era como um raio de luz.

Ele era mais gentil, mais sério, mais contido. Mas ela era mesmo uma boba. Imagine Ruth Gordon em *Ensina-me a viver*. Ah, você não assistiu? Vá assistir agora. Sério.

...

Estou esperando...

...

Ok, voltou? Bem. Legal ver você de novo. Então, agora que assistiu Ruth Gordon em *Ensina-me a viver*...

Aquela é minha mãe.

Era como se todas as coisas terríveis do mundo nela se manifestassem como uma rebelião contra a escuridão. Uma exuberância desafiadora.

E isso é o que me faz achar que ela está viva. Que ela tem que estar viva. Que não há maneira neste mundo, nenhum Deus tão cruel, nenhum destino tão duro que deixaria tal espírito em particular morrer.

Simplesmente, não consigo acreditar.

Mas talvez eu esteja apenas me enganando.

Talvez os dois estejam mortos.

E talvez eu seja uma tola.

# 5

Todos os meus três namorados parecem chocados que a LexCorp recrute no campus.

Ok, talvez não sejam exatamente meus *namorados*. São mais como caras que vejo muito, mas com quem não consigo me comprometer. Eu sei, é estranho ter três.

Um dia, cada um se casará com uma doce garota que diz as coisas certas e que é adorada pelos respectivos pais, e eles vão se mudar para casas com cercas brancas e cachorros chamados Spot.

Mas essa não sou eu, baby.

Não tenho certeza de por que estou fazendo isso, essa coisa de ter-três-não-namorados, mas sei por que não quero lidar com UMA pessoa em um RELACIONAMENTO — tenho um medo mortal de estar sozinha. Quando estou sozinha, pensamentos vêm a toda. Quando estou sozinha, todas as coisas horríveis demais que podem ter acontecido, ou que estão acontecendo, com minha mãe e meu pai ameaçam invadir minha consciência. Este é o primeiro problema.

E o segundo? Lembra que falávamos sobre aquela minha questão-zinha dissociativa? Tipo, não me enxergo de dentro de mim, mas de algum outro lugar? Geralmente do alto ou de um canto ou algo assim? Bem, isso meio que prejudica a velha questão de relacionamentos. Sabe como nos filmes as meninas estão sempre superanimadas quando um cara se aproxima e diz alguma coisa bonita ou as abraça ou lhes dá flores? Tipo, toda garota por aí está simplesmente morrendo de vontade de se transformar em uma linda borboleta com apenas um toque, um olhar, uma aprovação do gatinho mais próximo? Bem, eu meio que acabei me tornando o oposto dessa garota. Então, por exemplo, se um cara vem me beijar rápido demais, eu me encolho. Me assusta. Ou se um cara olha em meus olhos e diz, "Quero ficar mais perto de você", é tipo um show de horror. Aterrorizante.

E eu não queria ser assim. Não pedi para ser.

É simplesmente uma coisa que acabou acontecendo por diversos e diferentes motivos e que, talvez, possamos explorar mais tarde, fazendo uma apresentação autoexplicativa no PowerPoint.

(Também podemos fazer uma apresentação no PowerPoint sobre por que apresentações em PowerPoint são tão chatas.)

De qualquer modo, não há nada de errado com nenhum desses três caras. Estou falando sério. Sou eu. Já investiguei o problema, e o problema sou eu.

Quer conhecê-los?

Ok, tudo bem. Mas, antes disso, preciso explicar um pouco sobre a situação por aqui.

Prontos?

Frequento uma faculdade só de mulheres chamada Bryn Mawr. É uma das "Sete Irmãs", e a coisa que todo mundo comenta sobre ela é que foi onde Katharine Hepburn estudou. As outras seis irmãs são, em nenhuma ordem particular, Wellesley, Mount Holyoke, Vassar (a das debutantes), Radcliffe (a de Harvard), Smith (garotas que usam pérolas) e Barnard (a de Nova York). Bryn Mawr é geralmente considerada a das aberrações. Além disso, a mais desafiadora academicamente. E a central das lésbicas.

Agora, há quatro faculdades associadas à Bryn Mawr: Princeton, Swarthmore, UPenn e Haverford.

Princeton é a escola irmã oficial de Bryn Mawr, mas é careta DEMAIS e há zero interação. Ali estudam caras que se esforçam para ser *banqueiros*. Nojento. Você praticamente pode senti-los se coçar para derrubar a economia.

UPenn também é considerada parte da comunidade. Podemos assistir às aulas, mas fica na Filadélfia, a uma viagem de trem de 25 minutos. Basicamente é como se fosse no Tibete. Além disso, aqueles caras são meio atletas. Mais uma vez, eca.

Swarthmore fica mais perto e é mais legal. Podemos assistir a suas aulas também, e eles podem fazer o mesmo aqui. Na verdade, ano passado cinco caras fizeram uma matéria comigo no prédio de inglês chamada "Poesia e política do sublime". Eu sei. Ninguém tinha a mínima ideia do que se tratava. Mas aqueles caras podiam gerar um fluxo contínuo de palavras. Um até tinha reforço nos cotovelos do blazer. Reforços!

E, finalmente, temos a Haverford. Com muito mais afinidade. Há um ônibus azul que transita entre as duas escolas, e podemos morar lá, eles podem morar aqui, etc. Exceto que ninguém faz isso porque aqueles caras escutam Phish, usam camisas xadrez e jogam lacrosse, e somos todas um bando de lésbicas vestidas de preto, que gritam em coro "Morte ao Patriarcado!" e soletram *mulher* sem o *h*. *Muler*. Entendeu? Porque a ideia é que não precisamos de um h de homem para soletrar *mulher*. Não ria.

Não me importo realmente com a questão ortográfica, mas não sinto vontade alguma de escutar Phish.

No entanto, de vez em quando há um fenômeno chamado "Bryn Man". Seria um cara da Haverford que não se encaixa muito bem e, simplesmente, decide morar e se formar na Bryn Mawr. Eles precisam ser muito resistentes e ter um jeito autodepreciativo bem estudado para se safar. Mas esses são os caras mais inteligentes. Porque esses caras ainda conseguem ficar com um monte de garotas. Espertos, não?

Então, agora que expliquei o básico... vamos conhecer nossos solteiros, certo?

Ok, lá vamos nós.

Solteiro número um!

Bem, amigos, o solteiro número um vem de Allentown, Pensilvânia! Filho único de um médico judeu e uma dedicada mãe, foi criado como se fosse o presente de Deus para a humanidade, e tem o hábito de ser hilário, incisivo e mordaz. De pele bronzeada e gigantescos olhos escuros, o solteiro número um tem 1,80 metro, é magro e pretende se tornar um grande cineasta um dia. Seus hobbies incluem assistir a filmes sombrios e assistir a filmes sombrios. Senhoras e senhores, apresento-lhes Aaron!

Estão prontos para o solteiro número dois? Ok, então, o solteiro número dois veio do ensolarado sul da Califórnia. Tendo perdido o pai ainda jovem, o solteiro número dois foi criado pela mãe germano-americana. No entanto, seu avô por parte de pai era afro-americano. A combinação com o sangue alemão, de alguma maneira, o tornou a pessoa mais bonita a já ter andado sobre a face da Terra e, possivelmente, do universo. Cabelo louro curto; pele beijada pelo sol e um corpo verdadeiramente atraente tornaram esse cara, de modo geral, um boneco Ken vivo. Mas com cérebro. Sim, meus caros, o solteiro número dois estuda relações internacionais e um dia, provavelmente, será embaixador na China. Digam olá a Teddy!

E, finalmente, o solteiro número três, um estudante estrangeiro de (suspiro) Paris, França. Cheio de desdém por tudo que é americano, exceto pela calça Levi's e pelo cigarro Marlboro. Usa lenços ligeiramente no estilo Oriente Médio e estuda filosofia, sendo que sua filosofia pessoal é *seja belo, odeie tudo*. Ele está com a mesma barba por fazer a qualquer hora do dia, apesar de eu não entender como é fisicamente possível. Seu nome é… Patrice!

Então, aí está, agora você conhece os três.

Não posso dizer se ficaram impressionados ou aflitos.

Não se preocupem, todos eles sabem sobre os outros. Palavra de escoteira. Ou, pelo menos, sabem que não são os únicos. E tenho certeza de que não se importam.

(Para registrar, também tenho certeza de que não sou a única, apesar de não ter exatamente me dado o trabalho de perguntar.)

Há uma coisa que eles têm em comum. Em um ponto ou outro, todos os três mencionaram como estão chocados, irritados ou irados pela LexCorp vir a nossa comunidade para recrutar.

O que é LexCorp? Engraçado você perguntar.

A LexCorp é provavelmente a menos compreendida e mais diabólica empresa que a humanidade já conheceu. Eles fazem a Halliburton parecer o Bambi. Segundo boatos, a empresa lucrou mais de oitenta bilhões de dólares com a guerra do Iraque. Basicamente petróleo. Extraindo petróleo. E sobretaxando o governo para contratar os próprios operários especiais a fim de perfurar poços de petróleo. E vender o petróleo. No início era uma empresa estritamente de petróleo. Então, resolveram expandir para carvão, gás natural e cada combustível fóssil conhecido. Mas isso não é tudo.

Fato curioso: sabe aqueles caras que sempre vão aos noticiários para representar a "dúvida" em relação às mudanças climáticas? Os que dizem coisas como "A ciência não concluiu nada" e "O aquecimento global é uma farsa"? Bem, na verdade esses caras são apenas um punhado de caras. São chamados de "especialistas". Sempre têm algumas letrinhas debaixo dos nomes, indicando que são de alguma "fundação" ou "instituto" obscuros.

Mas, se você realmente tirar um tempo para pesquisar sobre essas supostas fundações e institutos, geralmente são fachadas da indústria de combustível fóssil. Tipo, digamos, a LexCorp. Então, basicamente a LexCorp pagou milhões e milhões de dólares para colocar esses caras em todos os noticiários desde os anos 1970, para fazer todo mundo duvidar da realidade das mudanças climáticas, assim amaldiçoando a todos nós. Fato curioso número dois: muitos desses caras são exatamente os mesmos caras que diziam que fumar não fazia mal. Grupinho legal.

Não acredita em mim? Pesquise sobre eles. Ou assista a *O mercado da dúvida*. Vá lá. Eu espero.

Assovio, assovio, assovio...

...

Ok, assistiu? Ótimo.

Então, agora você sabe que não sou só uma louca com ilusões paranoicas, e agora também sabe que estamos sem saída, tendo que lidar com o massacre iminente de um planeta cada vez mais quente, cortesia da LexCorp.

Tenho até uma camiseta que diz "LexCorp: A gente é arrasador!", em um design supercafona de propaganda dos anos 1950. Meio que como a fonte de um antigo cartão-postal. Você realmente ia gostar. Te dou uma de presente se for legal comigo.

Aí vai uma coisa engraçada. A LexCorp está realizando entrevistas aqui na Bryn Mawr diretamente da sala do suicídio. Eles não sabem que é a sala do suicídio. Acham que é só a sala Vandevoort. Porque é o que está escrito na placa. Mas o que não sabem é que, há cinquenta anos, Tisley Vandevoort, herdeira e debutante, cometeu suicídio naquela mesma sala. Isso foi parar nas colunas sociais. Um verdadeiro escândalo. Sua família, traumatizada, dedicou essa linda e elegante sala no Denbigh Hall a ela. A ideia sendo, acho, dar às alunas da Bryn Mawr um lugar aonde ir e relaxar, refletir e meditar em vez de se matarem. O que a LexCorp não percebeu é que ninguém da Bryn Mawr jamais, jamais entraria naquela sala. Porque... suicídio.

O fato de que a LexCorp está recrutando na infame sala do suicídio sugere a mim que alguém do comitê de organização da feira de empregos tem senso de humor.

Aposto que esta foi sua pequena rebelião contra precisar inscrever esses caras em primeiro lugar. Bem bolado, com certeza. Mas a LexCorp não pode se safar tão facilmente assim.

Não sei por que acho que é meu trabalho, mas é. Não vou descansar enquanto alguém não expuser aqueles demônios da LexCorp por sua completa degeneração.

Se está tentando adivinhar o que estou fazendo no momento, provavelmente acertou.

Estou atravessando o gramado, por um caminho cercado por árvores, de meu dormitório até Denbigh Hall.

Na direção da sala do suicídio.

Para me encontrar com a LexCorp.

# 6

Preciso dar o braço a torcer. Os Vandevoort realmente sabiam o que estavam fazendo. Esta é provavelmente a sala mais refinada do campus. Tapetes persas, mesas de mogno com gárgulas esculpidas nas pernas, vasos da dinastia Ming, pinturas em óleo de cenas pastorais com cavalos. Bem, esses caras sabiam como imprimir classe.

Do outro lado da sala, uma impecável área de estar. Duas poltronas *wingback* de tecido chinoiserie azul-marinho, estampadas com algum tipo de pássaro, em frente a um sofá azul-marinho de padronagem azul-marinho, combinando. Há um pouco de coral na estampa para dar mais vida. Essa é a coisa em lugares chiques: existe sempre mais humor do que você vê nos filmes. Uma sensação de brincadeira.

Do outro lado da sala, sentado em uma das poltronas, encarando a janela, há um homem. Não consigo ver seu rosto, mas os cabelos são meio que castanho-claros. E parece ainda ter todos os fios.

Este é o inimigo.

Este é o recrutador da LexCorp.

Este cara deve ter o sentido de aranha, porque se levanta e vira assim que ponho o pé na sala. Não fiz barulho algum.

E agora está de frente para mim.

Hum…

Olhe, eu estava esperando que o cara fosse careca, atarracado e estranhamente bronzeado, daquele jeito que caras ricos sempre parecem ser. Como Trump.

Mas este cara não é nenhuma dessas coisas.

Ele, na verdade, é alto. Na verdade, é pálido. E, na verdade, é meio... *cool*. Tipo, seu terno é bem cortado, de algum tom entre cinza e azul-marinho, com uma modelagem justa que eu não esperava. E, não tenho certeza, mas parecem haver elétrons irradiando a seu redor.

Ele para por um segundo. E me encara.

Talvez haja elétrons irradiando a meu redor?

Ficamos os dois só meio que parados ali por um instante extremamente desconfortável.

E, então, ele se recompõe.

— Paige… Nolan? Estou pronunciando certo?

— Hum, sim. É Nolan. Tipo Golã. Tipo as colinas de Golã. O lugar capturado da Síria e ocupado por Israel durante a Guerra dos Seis Dias, território que Israel efetivamente anexou em 1981, mas que permanece sendo um ponto de atrito, *évidemment*.

(Isso é *obviamente* em francês.)

Ele fica me encarando.

Às vezes isso acontece comigo. Comunicação com outros humanos nunca foi meu forte.

Agora vou compartilhar com você a outra parte da entrevista, que consiste de um tipo de dança multilíngue. Não se preocupe, vou traduzir, prometo.

— *Je remarqué que vous parlez français couramment-vous considérez-vous d´être un peu français?* — dispara ele.

Se me considero em parte francesa? Não é o que ele está perguntando realmente, é? Disparo de volta *en français*:

— Ou alguém é francês ou não é. Quero dizer, se desprezo tudo e odeio americanos, como os franceses?

— *Quelque chose comme ça.* — Ele sorri. *Algo do tipo.*

Espertinho. Ele não faz ideia de com quem está lidando. Mudo para russo.

— *Pochemu by ne sprosit' menya, yesli ya schitayu sebya svoyego roda russkiy yazyk?* — Então, por que não me perguntar se me considero meio russa?

— *Prekrasno. Schitayete li vy sebya byt' svoyego roda russkiy?* — Tudo bem. Você se considera?

Hum. Então, ele é trilíngue. Não estou impressionada. Mudo para um chinês meio casual, o que tenho certeza de que ele não fala.

— *Yěxǔ wǒ rènwéi zìjǐ shì nà zhǒng zhōngguó rén. Zhéxie gongsi de búxié, yīnwéi xiǎng nî képǎ de gongsî zhüyǎo shi méiguo.*

Ou talvez eu me considere chinesa. Cada um destes países despreza os Estados Unidos em grande parte por causa das empresas de merda como a sua.

— *Se refiere a nuestra empresa que emplea a cientos de miles de trabajadores en todo el mundo. Mantiene el pan en su mesa.*

(Ele está dizendo que empregam centenas de milhares de trabalhadores em todo o mundo. Colocam o pão em suas mesas.)

— *El pan en su mesa! No hay mesa! No hay casa! Hay solamente casa de la cartulina cuadro, por todo la familia!*

(Minha resposta. O pão na mesa! Não há mesa! Não há casa! Há apenas uma cabana feita de papelão para a família inteira! Só depois de terminar me dou conta de que trocamos para espanhol.)

— *Algún tipo de latina? Cuba, tal vez?*

— Sim. Cubano. Aprendi espanhol de um revolucionário. Tio Fidel. — Uma piada.

— *Touché!* — Ele entendeu.

Ficamos nos encarando. Não é exatamente frio. É mais como uma avaliação e um impasse.

— Agora que passamos por essa parte, prazer em conhecê-la. Meu nome é Madden. Carter Madden.

Bufo.

— Carter. Madden? Você é de alguma novela?

— Acredite em mim. Queria que meus pais tivessem me chamado John ou Steve.

Ele estende o braço para me cumprimentar. Eu aperto a mão deste homem? Esta mão da LexCorp?

Eu hesito. Ele recolhe a mão. Não exatamente com raiva. Alguma outra coisa.

— Sente-se.

Ele gesticula na direção da área de estar, e, quando vejo, estamos frente a frente em nossas respectivas poltronas *wingback*. Muito chique.

Uma entrevista normal seria atrás de uma mesa, imagino. Mas suponho que façam as coisas de modo diferente aqui, na Bryn Mawr.

— Então. Você é fã de Sean Raynes?

— O quê? Como sabe disso?

— Por acaso ele está em todo o seu feed do Twitter.

— Hum. Por que você olhou meu feed?

Vamos voltar um segundo e falar sobre Sean Raynes. Apesar de agora as pessoas o chamarem apenas de Raynes. Ele é famoso assim. E seu nome é sinônimo de denúncia.

Eis o que aconteceu:

Raynes era/é um superhacker. Ultrainteligente. Primeiro da turma no MIT. Gênio da tecnologia. Mago dos computadores. Totalmente superstar. Quando ele se formar, um ano adiantado como eu, será recrutado pela CIA. Na tecnologia. Defendendo contra cyberhackers, ataques terroristas, esse tipo de coisa.

E tudo bem com isso. Até Raynes se dar conta de que uma coisa horrível está acontecendo, e que a coisa horrível não está de fato vindo de cyberhackers.

Na verdade, descobre que *a* CIA colocou um microchip em TODOS os celulares vendidos nos Estados Unidos. O microchip fica dormente. Nada demais. Até você ou sua mãe ou seu irmão ou seu amigo fazer alguma coisa vagamente suspeita. E estou dizendo *vagamente*. Coisas como... férias em Istambul, visitar parentes em Cuba, passar o verão em São Petersburgo. Qualquer coisa. Nesses casos, você é colocado em uma lista. E o chip é ativado.

Agora podem seguir você. Podem rastrear você. Aonde quer que vá, eles saberão.

E essa lista de "suspeitos terroristas" deve ter cerca de dez a vinte mil pessoas, certo? Errado. A lista tem mais de dois milhões de nomes.

Mais de dois milhões de pessoas rastreadas diariamente através de seus celulares, pela CIA.

Isso.

O Grande Irmão está vendo.

Então... Sean Raynes descobre isso. Sean Raynes tem uma crise de consciência.

Sean Raynes sabe que o que o governo está fazendo é errado, sabe que é uma violação da Constituição e de nosso direito à privacidade. Mas ele também é um cara bacana, um patriota, um verdadeiro crente na América e em tudo que ela representa.

Assim, pensa no assunto. Pondera e esfrega as mãos e passa muitas noites em claro.

E, depois, ele revela a história na CNN.

A Anderson Cooper, nada menos.

E, enquanto a história surfava nas ondas televisivas, Raynes, a caminho do Nepal, foi forçado a aterrissar em Moscou. Onde reside hoje, em uma espécie de estado purgatório.

Putin se recusa a extraditá-lo, considerando que ele é uma vergonha para o governo americano. E, enquanto isso, de volta aos Estados Unidos, está ficando cada vez mais claro que o cara é um herói.

Estátuas estão sendo erguidas para ele, ilegalmente, em lugares de Williamsburg, Brooklyn, a Echo Park, em Los Angeles. Em Austin, Texas, fizeram até uma parada em sua homenagem.

Mas, para muitos outros americanos, ele é considerado um traidor.

Adivinhe de qual lado estou?

Mas vamos voltar a nossa chique entrevista, sim?

— Não consegui entender por que você estaria pesquisando meu feed do Twitter.

Madden finge estar interessado em meu currículo.

— Você marcou um horário conosco. Não acha que são informações relevantes?

— Acho que a única informação relevante é que você trabalha para uma empresa que atrasou uma ação contra mudanças climáticas quase sozinha durante trinta anos, condenando todos nós ao aquecimento global.

Madden levanta a cabeça.

— Acho que é uma *informação relevante* sua empresa ter lucrado bilhões de dólares com uma guerra injustificada, que matou centenas de milhares de pessoas, muitas delas mulheres e crianças.

Ele inclina a cabeça e olha pela janela.

— Sim, estou ciente de suas opiniões.

Espere. O quê?

— Então, por que você... por que nós... Você estava tentando me convencer do contrário?

— Na verdade, não. Só esperava conhecê-la.

— Com licença?

— E, agora que conheci, estou satisfeito. *Arigato gozeimas ta.*

(Esta última parte foi japonês. Literalmente traduzida, significa, "Foi tudo muito bem entre nós". Mas é quase um agradecimento final. Um adeus.)

Simples assim, Madden sai porta afora.

E sou deixada ali.

Na sala do suicídio.

Para pensar no que acaba de acontecer.

Não.

Não, não, não, não, não. Isso não acabou. A LexCorp *não* dá a última palavra.

Resolvo entrar em contato com o chefe desse cara. Não sei bem que tipo de operação estão fazendo aqui, mas realmente gostaria de entender por que alguém estaria xeretando meu feed no Twitter *antes* de uma entrevista.

A secretaria fica do outro lado do jardim, por isso, realmente, não é nenhum trabalho entrar. É um pequeno prédio de pedras cinzentas que foi o hall original de Bryn Mawr. Lá dentro é empoeirado, com pilhas de papel por todo lado.

Coloco a cabeça para dentro da sala para ver a funcionária.

— Oi. Desculpe incomodar. Acha que seria possível arranjar o telefone de seja lá quem é seu contato na LexCorp?

A funcionária levanta a cabeça. É uma ruiva com óculos em uma corrente e um cardigã bordô.

— Perdão?

— Seu contato na LexCorp. Eu queria saber se pode me dar o número?

— Sinto muito, estou meio confusa aqui...

— Acabei de ter a entrevista mais estranha.

— Com quem?

— Com a LexCorp. Eles estavam aqui, você sabe, para recrutar?

Ela tira os óculos e me encara, me analisando.

— Está brincando, certo?

— Por que eu estaria brincando?

— Minha jovem, a LexCorp está banida do campus desde 1978.

# 7

Este é o momento em que eu provavelmente devia sair correndo do campus e jamais olhar para trás.

Porque O *que diabos foi aquilo?*

Mas é claro que não é o que faço.

Em vez disso, continuo simplesmente cuidando da vida, pensando que possivelmente essa entrevista *fake* da LexCorp foi apenas fruto de minha imaginação, algum acaso idiota, *nada para ver aqui.*

Afinal, tenho provas a fazer, trabalhos a redigir, livros para ler. Não é como se tivesse todo o tempo do mundo para pensar na eventual aparição de uma pessoa particularmente marcante, que sabia meu nome e *forjou toda uma entrevista de empresa.* Estranho? Sim. Uma possível ameaça para minhas notas? Não. Nenhuma chance.

E meu alívio, a resposta para acalmar meus pensamentos é certamente um de meus três não namorados. A qualquer hora, dia ou noite, posso mandar mensagem para Aaron de Allentown, Teddy de Santa Monica ou Patrice de Paris. Nada demais. Sem perguntas. Sem respostas. Ninguém se machuca.

Essa coisa de mensagens de texto casuais acontece bastante.

Uma vez fechados os livros, uma vez redigidos os trabalhos, tem aquela hora, a hora das bruxas, quando a última coisa que quero fazer é pensar, mas tudo o que consigo fazer é pensar, e imaginar, e me *desesperar*. Verdadeiramente me desesperar. Tipo, até ficar catatônica. Sem conseguir sair da cama. Sem conseguir me mexer. Imóvel.

Já identifiquei o momento — aquele momento antes de tudo desmoronar e começar a virar uma bola de neve. E foi neste momento que me adestrei a mandar uma mensagem de texto. Só uma mensagem. Encontrar Aaron. Encontrar Teddy. Encontrar Patrice. O primeiro a responder é o que vem em seguida. Não o abismo. Um conforto, em seu lugar. Um garoto para distrair a cabeça. Um garoto para não encarar os fatos.

E nesta noite em particular, hoje, cheguei a este momento. Mandei as mensagens, mas não adiantou nada. São 11 horas da noite, e não há nem sinal de conforto masculino. Em lugar algum.

Aqui estou, sentada, encarando as tábuas de madeira do chão do quarto do dormitório. Elas são meio que bege. Em nossa velha casa, em Berkeley, minha mãe insistiu pelo piso de madeira escura. Uma cor meio alpina, associada a cabines. Mas as paredes eram brancas. Era um contraste meio forte, o que ficava perfeito. Sempre era assim com minha mãe. Simplesmente juntava as coisas de um jeito que a maioria das pessoas acharia completamente bizarro, de um jeito que ninguém jamais imaginaria, mas, então, você olhava o conjunto final e ficava surpreso. *Uau*, pensava você, *como ela fez isso?*

Estou falando no passado novamente.

Para descrever minha mãe.

Preciso sair daqui.

Tem uma trilha descendo a colina atrás do dormitório, passando entre as árvores e subindo novamente até a cidade. Ela faz a curva aqui, na beira do campus, pelo gramado e pelo lago dos patos. No momento, com o campus inteiro dormindo ou redigindo trabalhos freneticamente em algum lugar sob uma luz fraca, escuto o som estranho do nada. Nem mesmo ruído branco. Ou um carro passando. A distância, acima das árvores, algumas luzes cintilam atrás das janelas dos quartos. As corujas da noite.

Eu nunca havia notado. Aqui. Essa entrada. Há um pequeno bosque de olmos escondido, e, então, atrás, tem uma plaquinha debaixo de uma estátua de cobre. A estátua é de um homem, amarrado em volta da cintura por uma âncora. Mas ele está de frente para o outro lado, contra o peso da âncora, se recusando a ceder sob seu peso. A plaquinha, iluminada pela mais fraca das luzes, é um poema:

## NÃO VÁS TÃO DOCILMENTE

Não vás tão docilmente nessa noite linda;
Que a velhice arda e brade ao término do dia;
Clama, clama contra o apagar da luz que finda.

Embora o sábio entenda que a treva é bem-vinda
Quando a palavra já perdeu toda a magia,
Não vai tão docilmente nessa noite linda.

O justo, à última onda, ao entrever, ainda,
Seus débeis dons dançando ao verde da baía,
Clama, clama contra o apagar da luz que finda.

O louco que, a sorrir, sofreia o sol e brinda,
Sem saber que o feriu com a sua ousadia,
Não vai tão docilmente nessa noite linda.

O grave, quase cego, ao vislumbrar o fim da
Aurora astral que o seu olhar incendiaria,
Clama, clama contra o apagar da luz que finda.

Assim, meu pai, do alto que nos deslinda
Me abençoa ou maldiz. Rogo-te todavia:
Não vás tão docilmente nessa noite linda.
Clama, clama contra o apagar da luz que finda.

— Dylan Thomas.


Perco tempo parada ali, transfixada pela mensagem noturna. Essa carta. Parece, em meio ao breu deste solitário canteiro gramado, que de alguma maneira era destinada a mim. Apenas a mim. Uma curva para este lugarzinho inexplorado sem motivo aparente. Olho ao redor. Claro que não há ninguém. Apenas eu e a estátua secreta. Ela está mesmo aqui?

Fico por mais um instante, olho para o céu. Não. Não há respostas ali.

Apenas as palavras e este momento.

Recuo alguns passos, ainda em conluio com a estátua, antes de voltar para a trilha. Ela abre caminho até a cidade, longe dos olmos de contemplação silenciosa, na direção de uma estridente obliteração. Rumo ao esquecimento.

Na cidade, há uma fileira de bares — o Night Owl, o Footsies, o Gold Room, o Lamplighter, o Short Stop —, o tipo de bar com bancos vermelhos, muitos moradores locais, frequentadores assíduos e alunos de faculdade misturados. Às vezes temos até uma briga de bêbados. Moradores da cidade *versus* alunos das faculdades. Os moradores geralmente vencem.

Dez quadras além, solene e séria, uma casa Tudor transformada, um hotel na colina, escondido pela folhagem, as lanterninhas escuras atravessando as folhas.

Antes que eu me dê conta, estou naquele caminho. Naquele caminho, depois dos bares. Definitivamente não vou entrar em nenhum daqueles bares. A última coisa que quero é ver alguém da faculdade. Ou, pior, ver algum de meus não namorados com uma garota qualquer. Seria deprimente. Ou, no mínimo, constrangedor.

Não, o destino é o hotel escondido.

Esse lugar se chama Hotel Tillington.

Fundado em 1863.

Acho que se chama Tillington porque era o nome da família original, a propriedade original. Quem sabe onde eles estão agora, mas certamente deixaram um belo lugar para trás.

É meio que um velho local de repouso para mim. O lugar é Tudor, por isso lá dentro é tudo meio carregado e marrom. Há velas por todo lado, então, realmente assusta. Há uma sala de jantar formal com toalha de mesa branca *avec* uma lareira e vigas de madeira escura no teto. Há um bistrô casual para sanduíches. E uma sala de brunch no átrio, com janelas gigantescas e cerejeiras em flor por toda parte. Muito romântico. Mas, a esta hora, todos esses lugares estão fechados. Não. A única parte aberta é aquele casebre de bar, cheirando a 150 anos de uísque. As paredes são de carvalho escuro e xadrez príncipe de Gales. Porque isso é *preppy*.

Há uma tradição na Bryn Mawr de mostrar suas velhas ou perdidas ou falsas carteiras de motorista, e tenho uma confissão a fazer. Estou me beneficiando dessa tradição. O barman da noite é novo, e há algo de pesado no semblante. Ele não é feio. Você fica com a sensação de que ele talvez tenha um gato. Sensível.

A princípio, somos só nós dois batendo papo. Mas, então, um cara incomum para aquele tipo de lugar entra, desfilando. Ele é atarracado e usa terno, a gravata está frouxa, e o rosto, corado. Definitivamente, parece já ter bebido o bastante.

— Uísque. Puro.

O barman assente com a cabeça e serve a bebida. Há um peso na sala agora. O barman sai para fazer seja lá o que um barman faz, talvez ligar para a babá de seu gato.

O cara de rosto vermelho olha para mim.

— O queee uma garota bonita como você faz aqui sozinha?

É o tipo de pessoa que passo a vida evitando. De rosto vermelho e entupido de gim. Que se acha no direito.

Dou de ombros. Isso significa: *pare de falar.*

— Você tem namorado?

Ugh. Balanço a cabeça negativamente. Por favor pare de falar. Por favor volte, barman.

— Você quer um?

Ele sorri despreocupado, se inclinando para mim.

Oh, Deus.

— Olhe, er, realmente não estou interessada...

Ele já devia ter entendido isso com todos os meus sinais, mas nãooooo, precisava me fazer dizer.

E agora está zangado.

— Certo. Como se eu estivesse mesmo interessado. Você nem é tão sexy assim, boneca.

Bem, que relaxante. A ideia aqui era ir a um lugar calmo e ficar sozinha/não sozinha, mas agora ganho uma cantada e, em seguida, sou insultada por uma lagosta bêbada. Não é simplesmente ótimo ser uma garota?

Agora não estou apenas irritada; estou irada. Na verdade, estou irada por toda garota em todos os espaços públicos que precisam aturar esse combo de cantada/insulto. É insuportável, porque não se pode vencer, você não quer, você não pediu, mas acontece toda vez. Não apenas em bares. Andando na rua. E acontece com todas nós.

Eu me viro para o homem.

— Acho que não quis dizer boneca.

Bebo meu drinque de um gole só.

— Acho que quis dizer *xereca*.

Gesticulo em direção a minha calça. Então, passo por esse babaca e saio porta afora, e não há nada mais satisfatório no mundo inteiro.

Sim, sei que foi meio exagerado, mas *foda-se aquele cara*.

Estou quase deixando o chique, mas discreto, saguão do hotel Tillington quando o vejo.

O terno.

Não o terno bêbado. O terno justo. Da entrevista. Sentado.

Qual era mesmo o nome?

Madden.

Certo. Fico acelerada, e é óbvio que o destino o colocou em meu caminho por um motivo.

Está na hora de algumas respostas.

# 8

— Ei! Entrevista falsa legal, *psycho*.

Ele sorri com aquilo. Eu devia simplesmente passar por ele e chamar a polícia, mas, de alguma maneira, meus pés têm uma ideia diferente.

— Eu sabia que aquilo podia parecer estranho.

— Estranho? Ah, não. Não, está tudo ótimo. Tenho entrevistas falsas com complexos militares-industriais todo dia.

— *Touché*.

Seu laptop está em cima da mesa. Ele o vira para mim, e há um vídeo na tela, pausado. Ele aperta play.

— É minha parte favorita. — Ele sorri, olhando para a tela.

Levo um segundo para perceber que é um vídeo de alguma câmera de segurança mostrando uma garota brigando, na área de espera de um restaurante.

E a garota sou eu.

— O que...

— Esta parte também não é nada má.

Ele aponta para a tela quando jogo Cachorro-Quente por cima do ombro.

Não consigo não assistir ao vídeo. Até o finalzinho, quando saio pela porta da frente do Applebee's.

— Bela tirada, aliás.

— Como?

— Sobre George Washington. Toque bacana.

Olho para ele. Estou sonhando com isso? Quero dizer, sério, *WTF*? Estou começando a me sentir seriamente insegura.

— Ok, estou ligando para a polícia.

— Boa sorte.

Tem alguma coisa no cara, uma espécie de calma, de confiança tranquila que não é óbvia, mas que ainda assim triunfa.

Talvez seja um truque, mas, por algum motivo, não sinto medo. Levando tudo em consideração, eu devia ter. Considerando que está me *stalkeando* de uma maneira bem específica.

— Certo. Então, estou indo embora. Legal te ver de novo, *stalker* estranho. Não tenho dúvida de que o próximo som que irá escutar é o de seus direitos ao ser preso.

Mais uma vez ele sorri.

— Não quer saber como consegui isso?

Bem, agora ele me pegou. Porque definitivamente *quero* saber. Assim como mais um monte de coisas.

— Talvez.

— Bem, para sua informação, estava no YouTube. Cem visualizações antes de me alertarem e eu tirar do ar. De nada.

— Alertarem você?

— A não ser, é claro, que você estivesse esperando se tornar uma sensação e viralizar, o que acho que teria sido bastante possível. Desculpe-me se destruí seus sonhos.

— Ok, número um: do que você está falando? E número dois... *Do que você está falando?*

— Estou falando de uma garota que fala cinco idiomas, é faixa preta de jiu-jítsu, tem um QI bastante alto...

— É eskrima. E, espere, como sabe meu QI? *Isto* eu certamente não coloquei no meu currículo.

Ele sorri como um tipo de gato da Alice vestido de Brooks Brothers.

— Isso é um blefe gigante. Está inventando tudo.

— Cento e cinquenta e três.

— O quê?

— Seu QI é 153. Você fez o teste quando tinha 4 anos de idade. Em Berkeley. Em 2001. Antes do Onze de Setembro, é claro.

— Ok, então... isto está ficando estranho, e estou oficialmente indo embora.

Saio pelas portas da frente do Tillington e viro rápido à direita. Eu devia saber que esse cara era um sociopata. Provavelmente tem um porão cheio de órgãos humanos em potes de vidro. Em algum canto nos fundos, vários ganchos e roldanas. O que eu estava pensando, incentivando-o assim?

Estou na metade do caminho até o campus quando olho para trás. Não há ninguém. Ou o despistei, ou ele não se deu o trabalho. Não sei bem por quê.

Ainda estou paranoica enquanto atravesso o gramado, a lua brilhando através das folhas, um dossel acima. É só quando tranco a porta que me permito respirar aliviada.

Meu quarto fica à esquerda, depois de um corredor comprido. E isso significaria pacífico e quieto, exceto que, quando viro o corredor, ele pula em cima de mim.

— Buuu!

Dou um pulo de 5 metros.

Não é o sociopata, graças a Deus.

É o solteiro número um, Aaron.

— Boa noite, bela donzela. Estou aqui para solucionar o mistério da caloura desaparecida, também conhecida como você.

— Jesus, você me deu um susto. Não faça isso. Acho que posso ter morrido por uns dois segundos.

— Esta é a consequência de mensagens não respondidas. E agora, já para o quarto!

É difícil não gostar de Aaron. Ele definitivamente tirou 18 em Carisma. Sim, é uma referência de RPG. Não me julgue.

Antes que eu me dê conta, Aaron está me beijando contra a parede. E tudo bem. Na verdade, era o que eu queria.

Um garoto. Uma distração.

Mas ainda não consigo parar de pensar naquele sociopata idiota.

# 9

É assim que se desenrola. Meu sonho. Estou no meio de um vasto e negro oceano. Em um minúsculo barquinho, o céu tem um milhão de estrelas cintilantes, e tudo está meio que brilhando.

Olho para milhas e milhas de um oceano calmo, quase como um cobertor de grama preta, estendido. Não há uma nuvem no céu, mas o ar é frio. Sinto um arrepio e vejo o vapor de minha respiração. Meus lábios estão roxos. Estou dentro de mim e fora de mim. Primeiro sou eu, depois estou me vendo, e, então, volto a ser eu.

Estreito o olhar para o horizonte e vejo terra. Terra! Recupero o fôlego. Pego os remos e tento avançar em direção à ela. Mas não há razão para isso. O vento está atrás de mim, me levando até lá sem pressa, cuidadosamente.

Conforme me aproximo da costa, percebo que não é continental, e sim um arquipélago de ilhotas, centenas, o mar flutuando em meio a elas.

Então, me aproximo ainda mais e percebo que não é um grupo de ilhotas. É um grupo de corpos. Milhares. Uma espécie de cemitério flutuante.

E agora meu barquinho de madeira está passando por eles, abrindo um rio de espaço entre os cadáveres, e tento não olhar.

São horríveis. Rostos roxos, olhos abertos, me encarando. As bocas escancaradas.

E quero gritar ou chorar ou fazer alguma coisa, mas não consigo fazer nada. Não sai som algum. Estou muda.

É quando um corpo flutua até a lateral do barco, e vejo quem é.

Meu pai.

Boiando no mar de corpos a meu redor, e tento alcançá-lo ou fazer alguma coisa, mas ele continua flutuando, para longe, longe para a maré de almas perdidas. E, então, ela passa boiando por mim também.

Minha mãe.

Os olhos fixos em mim. O longo cabelo, bege como algas, flutua ao redor da cabeça.

E esse é o instante que acordo, arfando. Acordo, meu corpo inteiro molhado de suor, tremendo e engasgando em busca de ar.

Por um minuto sinto como se esta cama fosse uma jangada, como se ainda estivesse no sonho.

Mas as paredes voltam, e o chão e meu telefone na mesinha de cabeceira.

Três da manhã.

A hora das bruxas.

Três da manhã é a melhor hora para agarrar seja lá quem esteja em sua cama, como se agarra um bote salva-vidas.

Três da manhã é o motivo de você ligar para aquela pessoa em primeiro lugar.

# 10

Quatro dias depois recebo uma carta da reitora. Devo encontrá-la no Royce Hall, na terça-feira. É o prédio da administração. Fiz minhas entrevistas de admissão ali, e geralmente é a única ocasião que um aluno pisa no lugar.

Não consigo parar de me perguntar do que se trata. Tem alguma coisa errada? *Fiz* alguma coisa errada? Minha imaginação se junta à neurose para pensar em todas as inúmeras coisas pelas quais eu poderia estar encrencada. Até agora só consigo pensar na identidade falsa. Não pode ter a ver com minhas notas ou currículo. Ninguém é mais obsessivo quando se trata de ter certeza de que tudo está nos conformes, todos os Ts cruzados, todos os pingos nos Is.

Mas lá está ela, a carta não específica para falar com a reitora.

— Talvez queiram te dar o prêmio de Garota Mais Estranha de Bryn Mawr.

Este é Teddy. Que por acaso está deitado de cueca em sua cama. Sei disso porque estou deitada a seu lado. De calcinha.

— Obrigada. É muito lisonjeiro.

— Talvez queiram te dar algum tipo de bolsa ou coisa assim. Quero dizer, você não é, tipo, a senhorita nota 10 ou algo assim?

Ele se aproxima para beijar meu pescoço.

— Talvez uma bolsa sexy. Por você ser tão sexy. Tipo uma bolsa para fazer sexo comigo.

— Humm. Parece um prêmio de prestígio.

— Ah, mas é mesmo. Altamente cobiçado. A única coisa mais cobiçada é a Bolsa Namorada. Devia tentar ganhar essa. O único requisito é conhecer os pais.

Eu o encaro. Ele ergue uma sobrancelha.

Teddy quer que eu seja sua namorada. Ele quer isso porque é um Bom Rapaz da Califórnia, com uma mãe que o educou bem. Ele é saudável e capaz de estabelecer conexões normais com outros seres humanos.

Fascinante, não?

— Eu ficaria honrada se me oferecessem essa bolsa, mas não sei se me encaixaria nos requisitos.

Ele revira os olhos e se levanta para fechar a janela.

— Está ficando frio aqui.

Penso em como aquilo significa várias coisas ao mesmo tempo. Quando ele volta, se deita BEM do outro lado da cama. Chega de contato humano.

Ok, então. O consolo da tela! De volta a maratona de *Borgen*. É uma série dinamarquesa que, de alguma maneira, nos viciou. Não sei como, porque a descrição é incrivelmente chata e a série é mais lenta que uma lesma. Mas, cara, como estamos viciados!

Três horas mais tarde saio do dormitório, bem informada quanto aos altos e baixos da política parlamentar dinamarquesa.

Estou quase do outro lado do gramado quando Patrice aparece. Com uma echarpe casual, e ainda assim com caimento perfeito, em volta dos ombros e do pescoço, claro. Acho que ele nasceu com aquela echarpe. Ele parece bem sério. Sombrio.

— Patrice?

Ele levanta a mão em um cumprimento desanimado.

— Por que você está aqui? Você está bem?

— Sim. Hum, tudo bem? Tenho uma coisa para te contar.

— Er, claro. O que foi?

— Estou terminando com você.

— Espere! O quê? Por que não me falou?!

Ele parece confuso.

— Estou te falando agora.

— Mas... por quê?

— Porque você é americana demais.

— Está falando sério? Eu falo cinco idiomas! Detesto cadeias de restaurantes. Eu...

— Você é mais americana que pensa.

— Ah, verdade? Como?

— Tudo é descartável para você. Não tem coração. Nada. Apenas realizações. *En fait*, você é neurótica quanto a essas realizações. É tudo em que pensa. Você não consegue viver no momento. Não se permite. Está ocupada demais pensando no futuro. Tentando controlá-lo. Mas, sabe, não há controle. Não há nada. Não existe passado. Não existe futuro. Só existe o agora.

Uau. Acho que ele ficou um tempo pensando nisso. Esse discursinho é... realmente uma coisa.

— Ok... algo mais?

— Conheci uma pessoa. Ela é francesa.

— Ah.

— Sinto muito.

— E *ela* fala cinco idiomas?

— Não.

— Quantos idiomas ela fala?

— Francês. E um pouquinho de inglês.

— Rá!

— Viu? Essa foi a reação mais infantil que eu poderia imaginar. Você realmente é uma verdadeira americana.

— Quer saber? Tudo bem. "Yankee Doodle". "Grand Old Flag". Coca-Cola, que seja. Me dê uma Starbucks ou me dê a morte! Tem razão. Sou louca por tudo isso. Enquanto você é apenas louco. Obrigada por avisar ou sei lá o quê.

Ele assente e vai embora.

— Você realmente devia ensiná-la a falar inglês! — grito pelo jardim. — É o idioma do comércio! E da ciência. E dos petrodólares! Sabe como petrodólares são importantes, não sabe? Foi por eles que derrubamos Saddam e Gaddafi! E isso foi só o começo!

Ele revira os olhos e volta a caminhar.

Bem, ótimo. Ótimo! Se quer ser francês com alguma garota francesa, por mim tudo bem. Podem comer baguetes e cozinhar escargot e desprezar americanos juntos.

Eu não devia me importar. Não há motivo para me importar. Ele nem era meu namorado.

— É apenas seu ego, Paige — falo sozinha. — Só isso. Isso é ego.

Alguém passa por mim enquanto falo sozinha.

Aceno debilmente.

— Oi. Só estou falando sozinha.

A pessoa nem me olha.

Alguma coisa está começando a acontecer, e meu peito não puxa o ar, e agora estou me esforçando para inspirar com mais força, o que só está piorando as coisas. Costumava ter isso quando era criança. Começava a hiperventilar quando alguma coisa me chateava. Metade do tempo eu não sabia o que era. Minha mãe tinha que conversar comigo para que eu saísse da beira do precipício.

*Respire, Paige. Respire fundo. Isso. Assim. Inspire pelo nariz, expire pela boca. Ótimo. Agora mais uma vez.*

Ela ficava comigo.

*Ok, vamos tentar contar até dez. Eu conto. Respire dez vezes. Lá vamos nós...*

Quando eu tinha 5 anos, meus pais me deram esse livro ilustrado, que ensinava você a "Nomear. Domar. Ressignificar". Eles o liam para mim às vezes, e depois nós três conversávamos sobre ele. Falávamos sobre ocasiões em que alguma coisa nos perturbara e sobre qual era o *verdadeiro* problema; maneiras que ajudavam a pensar no assunto.

Isso mostra como eles eram esmerados e como me ensinavam: com paciência.

Com gentileza.

E sinto falta.

# 11

Esta é a noite do Spring Step Sing, que é basicamente a versão prima-veril da Lantern Night. Eu sei. Vou chegar lá...

Então, a Bryn Mawr tem, essencialmente, muitas tradições. Quando alunas são aceitas, muitos dos pulinhos de alegria são *por causa* das tradições.

A maior e mais impressionante é a Lantern Night. Quando todas as calouras ganham uma lanterna de ferro forjado da cor específica de sua turma. Você não tem permissão de perder sua lanterna. Ninguém jamais perde a lanterna. Perder a lanterna seria como perder seu anel de noivado. Ou seu diploma. Ou seu cachorro.

Então, a cor de minha turma é vermelho, o que por mim está bom, afinal significa que posso cantar "Put on the red light" enquanto seguro a lanterna. É de uma música chamada "Roxanne", do The Police. Minha mãe era fã. O que significa que ela colocava suas músicas para tocar o tempo todo, até perder o disco, CD, MP3 player ou seja lá o que houvesse para perder. Como já falei: minha mãe, ótima em perder as coisas.

Então... a Lantern Night de outono é o grande evento. Todos devem ir aos claustros e, cobertos pela noite, cantar todo tipo de música em latim do repertório aprendido. "Dona Nobis Oacem" sempre está na lista. Mas o Spring Step Sing é quando pegamos as lanternas e, uma vez mais, nos sentamos nos degraus de pedra cinzenta da quadra em estilo gótico e cantamos as músicas de nossa escola.

Sei o que está pensando.

Você não consegue acreditar que faço isso. Essa merda idiota de Hogwarts.

Olha, não culpo você. Sei que parece bobo.

A questão é que... na verdade, é bem bonito com as centenas de lanternas oscilando, a lua saindo de trás da torre do relógio. E o coro de canções em latim e grego, às vezes em série.

No momento estão cantando "Pallas Athena". Na verdade, *nós* estamos.

Meio que começa como uma brincadeira, e, então, muda para esses tons melódicos, quase como uma canção de ninar.

*Pallas Athena thea,*
*Mate mato kai sthenou,*
*Se par he meie I man*
*Hie ru sou sai soi deine.*
*Pallas Athena thea,*
*Mathe mastos kai stenous,*
*Se par he meie I man*

Agora vem a parte lenta:

*Hie ru sou sai soi deine.*

Essa parte aqui, essa última parte, é a que despedaça corações:

*Akoue, Akoue.*

A última parte, praticamente uma canção de ninar.

*Palas Atena, deusa do aprendizado e da força,*
*Viemos adorar você, deusa.*
*Nos abençoe, rezamos; nos dai sabedoria.*
*Esteja sempre conosco. Abençoada deusa, escutai!*
*Sacrificai nossas lanternas agora, para brilhar eternamente forte,*
*Iluminando o caminho, tornando o escuro claro.*

Conforme olho ao redor para aquele mar de lanternas vermelhas, verdes, azul-claras e escuras e a silhueta negra das árvores contra o céu azul-cobalto... a canção de alguma forma viaja por meu corpo em um processo de osmose emocional e, do nada, meu rosto fica coberto de lágrimas. Um rio de lágrimas enquanto a música se transforma na mais suave canção de ninar. Ninguém a meu lado parece notar. Talvez esteja acontecendo com elas também. Talvez cada uma de nós esteja no meio da própria revelação pessoal, nosso momento de rendição a todas as coisas que abafamos durante o dia. Todas as coisas que disfarçamos com deveres e listas de afazeres e post-its.

Athena não nos deixa fazer isso esta noite. De alguma maneira, ela acena e insiste.

Quero cobrir o rosto ou desaparecer, mas a única coisa de que sou capaz é continuar cantando, deixando os sons de "Pallas Athena" se infiltrarem por baixo de todas as defesas, fazendo voar minha alma até os galhos e além das árvores, passando pelas constelações, nem mesmo olhando para trás na direção da lua.

# 12

Royce Hall, também conhecida como covil da reitora, não se parece com o restante do campus. Não tem a arquitetura gótica cinzenta, com pináculos e gárgulas, como tudo por aqui. É uma casa branca colonial com cortinas pretas e uma porta vermelha como um toque final. Aparentemente devia haver uma fazenda no local, e esta era a casa principal. Não vejo um celeiro por perto, então, presumo que devem tê-lo derrubado. Uma pena — um celeiro poderia ter sido um ateliê de artes bem legal. Talvez com telhados em abóboda e claraboias em todo canto. O tipo de lugar no qual se poderia colocar uma roda de oleiro.

A porta em tom vermelho intenso do Royce Hall está entreaberta, e coloco a cabeça para dentro. Há muitos livros e pastas por todo lado, além de camadas de poeira. A poeira no ar forma um triângulo, entrando pela janela ensolarada. Não há ninguém. Viva alma. Nem mesmo uma recepcionista.

Subo a escada estreita, os degraus rangendo sob os pés, até o segundo andar. Do outro lado da sala está a porta do escritório da reitora, também entreaberta.

A reitora se vira para me olhar, e sinaliza que eu entre. Ela usa uma saia-lápis, o cabelo em coque, saltos sensatos.

Quando entro, ela se senta atrás da mesa de mogno e me oferece um lugar em uma poltrona *wingback* com estampa verde-floresta.

Só quando me sento, percebo que a outra cadeira está ocupada.

Pelo sociopata da LexCorp.

# 13

— Você SÓ PODE estar brincando comigo.

Normalmente eu teria falado um palavrão, mas, sejamos honestos, é a reitora aqui.

Madden continua quieto, respeitoso, deixando a reitora conduzir.

— Srta. Nolan. Paige. Gostaria que conhecesse um colega meu. Madden Carter.

Olho na direção do sociopata. Ele não parece tão presunçoso quanto deveria, considerando a situação.

— Er, sim, já nos conhecemos. Rapidamente.

— Certo. Bem, Madden e eu nos conhecemos há um bom tempo, desde Exeter, na verdade, e ele me assegurou de que tem negócios importantes a tratar com você.

— Negócios?

— Sim. Negócios.

Isso é esquisito demais. Não consigo nem olhar para esse cara. De repente, sinto como se estivesse naquele filme com o bebê diabo, onde todos do prédio revelam estar em conluio.

— Enfim, vou deixar os dois conversando em particular.

Ela assente para Madden e, em seguida, para mim, antes de sair e me deixar completamente a sós com ele, aqui em nossas respectivas poltronas verdes e arrogantes. Nada bacana. Quero dizer, nem mesmo legal. Tenho 17 anos! *In loco parentis* e essa coisa toda?

— Ok, sei que isso é meio extremo, mas não posso persegui-la por toda a Tombuctu só para que fuja sempre. Não a estou *stalkeando*. Eu asseguro.

— Estou provisória, mas hesitantemente, escutando. Por respeito à reitora.

— Ok. Permita-me explicar. Estamos muito interessados em você. Em seu talento.

— Talento?

— *Talento* não é exatamente a palavra certa. Habilidade.

— Espere. Quem exatamente faz parte desse "nós"? Você e seus amigos cafetões?

— Amigos caf...? Não. Nós, no caso, somos uma agência do governo que reúne inteligência.

— Rá! Tá bom. Tipo o que, a CIA?

— Não, não somos a CIA. E não estou brincando.

— Ah, então são o FBI.

— Na verdade, não.

— Ok, bem, realmente não acredito em você, então, é bom me dizer logo quem é ou, no caso, quem está fingindo ser.

— RAITH.

— Desculpe?

— Uma organização de inteligência operacional. *Reconnaissance and Intelligence AuTHority*. R.A.I.T.H.

— Esse acrônimo não faz sentido algum.

Ele encolhe os ombros.

— Não fui eu que trabalhei no *branding*.

— RAITH. Suponho que esta missão seja viajar pelo fogo de Mordor e resgatar um anel mágico, porém corruptor?

— Como é?

— RAITH. É uma referência ao *Senhor dos Anéis*.

— Nunca assisti.

— Agora *sei* que você é um *psycho*. E a resposta correta seria: *Nunca li*. Tipo: *Jamais li a série de J. R. R. Tolkien, O Senhor dos Anéis, e depois fui avidamente assistir aos filmes, inicialmente empolgado e depois, com o passar dos anos, um pouco desapontado.*

— Ok. Eu nunca li os livros de O *Senhor dos Anéis* nem vi os filmes.

— Mais uma pergunta.

— Sim.

— Você é um robô?

— Muito engraçadinha.

— Simplesmente não consigo acreditar que você nunca viu nem leu O *Senhor dos Anéis* a não ser que seja um ciborgue. O que seria ok, a propósito. Também planejo baixar minha consciência em uma forma de vida não baseada em carbono, ou, então, injetar nanorrobôs no cérebro para poder manifestar uma superinteligência e melhor cyber conectividade. Quero dizer, se a singularidade for de fato uma coisa positiva, na versão Ray Kurzweil mais otimista do mundo. No entanto, sempre há a possibilidade de que a ascensão da inteligência artificial vá ser um pouco mais como as previsões de Stephen Hawking, nas quais a humanidade estará com tanta pressa de dominá-la que ninguém vai parar para programá-la a fim de não nos machucar, ou seja, esta não será uma parte fundamental, seminal, do código, de modo que, quando a Inteligência Artificial inevitavelmente chegar à superinteligência, seremos todos eliminados assim que a superinteligente Inteligência Artificial perceber que somos um obstáculo a seja lá qual for o objetivo da programação aleatória que a Inteligência Artificial possa ter recebido. Tipo, ser o robô mais eficiente em escrever cartas ou alguma coisa igualmente banal.

Madden apenas me encara.

— E está perguntando se *eu* sou o robô?

— Bem, vale a pena cogitar. Considerando que isso envolve a possibilidade de um evento de extinção.

— Este ato de rebelde sem causa...

— Como sabe que é um ato?

— É essencialmente o que estou perguntando.

— Se sou uma rebelde legítima, é essa sua pergunta? Bem, acabei de ser chutada por um parisiense por ser americana *demais*. Seja lá o que isso signifique.

— Então... deixe-me ver se entendi... ter a própria opinião e sempre questionar o mundo ao redor, tendo a liberdade de criticar seu país e continuamente se esforçar para tornar o planeta um lugar melhor... não acha que isso seja parte de ser um america...

— Depende de quem você está criticando. Que tal JSOC? E quanto a KBR?

— São pessoas como você, que fazem perguntas assim, que fazem deste país o que ele é.

— Agora está só me bajulando. Quer alguma coisa. Claramente.

— Sim, queremos. Queremos você, Paige. Queremos que entre.

— Sua falsa liga fantasma de inteligência?

— Sim. Exceto que não é falsa.

— Então, eu estaria trabalhando para o governo?

— Sim.

Viro para ele.

— Como vou saber que você não é só um lunático com transtorno delirante qualquer? Você sabe que isso é típico de pessoas que atravessam as ruas falando sozinhas. Certo? Agências do governo ultrassecretas que *uuuuu* ninguém conhece por causa de sua *uuuuu* dupla tripla missão secreta e blá-blá-blá.

— Compreensível, sua dúvida.

Ele pega o telefone e mostra uma foto sua ao lado da presidente. É uma montagem incrivelmente estelar.

— É, também uso Photoshop. Se quiser, posso mostrar a você uma foto minha surfando com Jesus Cristo.

Madden revira os olhos, olha de volta para o telefone, e digita.

— Quer falar com ela? A presidente, digo. Ela também estudou em uma das Sete Irmãs, sabia?

Escuto o barulho de chamada, um clique, e, em seguida, uma voz inconfundível ao telefone diz:

*Madden?*

Antes que eu me dê conta, avanço para cima dele, interrompendo a chamada.

— Você acabou de desligar na cara da líder do mundo livre.

Ele liga novamente, desta vez sem o viva-voz, e parece jogar conversa fora. Pedindo algumas desculpas.

Mal escuto porque, de repente, o chão ao redor está rodando e as molduras nas paredes são um monte de barras em um tipo de brinquedo coberto de luzes de um parque de diversões.

Ele desliga.

— Disse a ela que tinha sentado no telefone e minha bunda ligou sem querer. Ela foi bem compreensiva.

Eu pisco.

— Deixe-me ver se entendi. Você está me dizendo que o governo quer me recrutar para algum tipo de missão secreta, provavelmente ilegal, *e* que você acabou de dizer a palavra *bunda* para a presidente dos Estados Unidos?

— Sim.

— Quer que eu trabalhe para *o governo*. O mesmo governo que tentei contatar vezes e mais vezes por causa de meus pais durante os últimos dois anos, e de quem nunca tive retorno, nem uma única vez, exceto pelo superficial telefonema inicial sentimos-muito-seus-pais--estão-desaparecidos, a-política-naquela-região-é-complicada, sentimos-tanto-não-negociamos-com-terroristas-que-pena.

Não conto a ele a parte sobre ficar deitada na cama, acordada a noite inteira, durante seis semanas seguidas, aos prantos, suando, gritando no travesseiro, querendo ter notícias de alguém — de qualquer um, sempre uma pessoa diferente, sempre um departamento diferente quanto a meus pais estarem vivos ou mortos — quanto aonde podem ou não podem ter estado, quanto a se poderiam trazê-los de volta ou se tentariam trazê-los de volta. Não conto a ele sobre a incerteza enlouquecedora, percebendo que estou sozinha no mundo e desesperadamente agarrando-me a meus lençóis, sentindo-me diminuindo, um hesitante peão desorientado, no labirinto de um navio burocrático em meio ao naufrágio.

— ... esse mesmo governo?

— Sim.

— Bem, meu caro chefe espião *fake*, prefiro arrancar a própria pele e dar como alimento ao Tea Party.

E, com aquilo, eu me levanto. Vou marchar por cima deste piso rangente, descer a escada estreita demais, caminhar até a porta de tom vermelho intenso, e sair em meio ao pôr do sol.

Seja lá do que aquele sociopata estivesse falando, não quero ter nada a ver com isso. Nada a ver com ele, nada a ver com organizações secretas inventadas, nada a ver com favores para o governo.

Esse governo abandonou meus pais.

Esse governo os abandonou à morte.

Mas, é claro, assim que chego à porta, ela está trancada.

— Ok, sério, que merda é essa?

# 14

— Por que a porta está trancada, e onde pousou o helicóptero da operação secreta para me levar até a baía de Guantánamo, onde não vou ter um processo justo, mas possivelmente poderei escrever um best-seller revelador?

— Desculpe, foi um esquecimento. Aqui.

Madden me deixa sair e dá de ombros, inocentemente.

— Ok, só para deixar registrado, não acredito nem por um segundo que tenha sido um tipo de esquecimento louco. Mas tudo bem. Te vejo na Matrix ou o que seja.

Ele acena para mim.

— Nada de brincadeira. Está livre para partir.

Exceto que...

Nem chego a pisar no gramado, e ele me alcança. O dormitório Rhoads tem um arco de pedras cinzento no meio, quase como um portal para o resto do campus. E é debaixo deste arco que tudo muda.

— Paige, pare. Apenas me escute.

— Jesus. Sério? Você está, tipo, obcecado. Me deixe em paz.

Ele para.

— Paige, tem uma coisa que deve saber. Mas não posso contar se continuar fugindo.

Agora estou olhando para ele, avaliando-o. Parece calmo. Aliviado. Meio que como um cara que acaba de mostrar as cartas.

O café central do campus é um lugar meio desajeitado, mas tem alguma coisa ali que acho reconfortante. Fica a poucos passos de meu dormitório, então é minha principal fonte de cafeína. E de descanso entre as aulas. E de procrastinação. É um lugar arejado, com pé-direito alto e cabines de madeira clara. É para ser tranquilizador.

Madden está sentado a minha frente na cabine. Felizmente, não há praticamente ninguém aqui, então, a grande possibilidade de eu cair em prantos nem é tão grave.

Agora, diante de mim, sobre a mesa, elas começam a aparecer. Primeiro as fotos de seus passaportes. Minha mãe. Meu pai. Ambos um pouquinho mais jovens que na última vez que os vi. Meu pai com uma camisa de botão verde-oliva e presilhas. Minha mãe com uma echarpe. Agora isso. A foto seguinte. Mais granulada. Uma foto em preto e branco tirada de longe.

E perco o chão.

É algum tipo de acampamento. Há algum tipo de compartimento. Um pátio pálido, empoeirado, com uma grande cerca ao redor. Perto do canto do pátio, como se recém-chegados, duas silhuetas em pé, uma mais alta, outra pequena. Na frente de ambas, dois homens estão virados um para o outro, aparentemente discutindo. Apesar de vendados, com as mãos amarradas, eu sei. Sei que são eles. Minha mãe e meu pai. Em pé ali. Nesse lugar horrível.

Lá vem. Meu peito. Incapaz de respirar. O ar pairando ali, mas não para mim. Impossível.

Madden me olha, preocupado.

— Respire, ok? Apenas me ouça.

Tento desacelerar e desviar o olhar da foto.

— Cinco de nós foram designados. A maioria era jovem, novos. Não me incomodava, nossa inexperiência. Tínhamos boas informações. Sabíamos onde eles estavam. Fomos enviados para libertá-los.

Estas palavras, estas palavras estão caindo e algumas estão pousando, algumas estão pousando em minha cabeça, outras indo direto para o coração, outras para o fundo de meu estômago. O que fazer com elas? O que devo fazer com estas palavras?

— Treinamos em uma recriação do lugar. Meio que como um set de cinema, construído com base em imagens de satélite. Nós nos planejamos para tudo.

E agora estou frente a frente com cinco arquivos. Cada um tem uma fotografia no canto. Cada um em seu uniforme azul, uma fotografia oficial, fundo azul-claro, bandeira vermelha, azul e branca atrás.

— Exceto para nosso Seahawk ser atingido por mísseis antiaéreos confiscados dos iraquianos. Nosso helicóptero caiu.

E agora estou olhando uma foto de quatro caixões cobertos pela bandeira, com um avião de carga ao fundo.

E, então, me dou conta.

— Nosso? Você estava...

— Sou o único sobrevivente.

Havia vida neste café um segundo atrás. Havia alguma coisa se mexendo. Mas agora tudo está imóvel. Apenas silêncio em uma sala aparentemente vazia.

Volto a mexer nas fotos, os uniformes azuis, os SEALs. Ali, mais jovem e muito mais luminoso de alguma maneira, está Madden, com o cabelo cortado rente, parecendo quase um menino. Feliz.

Olho mais uma vez para a foto de meus pais. Em um canto empoeirado, quase do outro lado do mundo.

— Eles estão vivos, Paige. — Perco o chão mais uma vez.

De repente, não consigo respirar. Aquele sonho que tive. O do oceano de corpos. Achei que significava que eles haviam partido. Que de alguma forma eu *sabia*. Mas agora a verdade chega como um cometa.

E agora está em chamas.

Pego a foto de meus pais, tocando com meus dedos as silhuetas desfocadas, desejando simplesmente poder pegá-los, arrancá-los bem dali daquela imagem.

— Tem certeza? — sussurro. — Como? Por quê?

— Não sabemos. O trabalho de seu pai no Oriente Médio é altamente respeitado no mundo árabe. Pode ter a ver.

— Mas eles matam jornalistas o tempo todo. De formas horríveis.

Ainda estou me recuperando. Eles estão vivos. Meus pais estão vivos.

De repente as cores voltam à sala. Percebo que há pinturas nas paredes que nunca vi antes. E uma escultura complexa, luminosa, feita de vidro, pendurada no espaço cavernoso. Também jamais a havia notado.

Beleza. Beleza no mundo.

— Essa missão. A fim de salvar seus pais. Eu pedi para liderá-la. Li os livros. Em Annapolis. O mundo precisa questionar o paradigma dominante.

*O paradigma dominante.* É uma frase de *Do rio para o mar*, o best-
-seller de meu pai.

O desaparecimento de meus pais saiu em todos os noticiários.

Suas fotos foram estampadas em todos os jornais e na TV e na
internet por alguns dias.

E, então, ocorreu mais um daqueles tiroteios em massa. Dessa vez
em um Walmart no Arkansas. E aquilo foi em seguida estampado em
todos os jornais e TV e internet. E depois uma pop star lançou um
álbum surpresa.

E, *puf*, meus pais sumiram. Mais nenhuma história. Como se tivessem evaporado da Terra.

— O retorno de seus pais em segurança é uma questão de maior
importância — cochicha Madden. — A missão veio diretamente da
Casa Branca.

— Não acredito em você.

— Bem, então você não conhece nossa presidente muito bem.
— Ele dá um sorrisinho e chacoalha o telefone. — Pode confiar em
mim. Ela está na lista de meus contatos mais frequentes.

Ok.

Ficamos ali por um momento, eu querendo fazer uma pergunta,
mas sentindo medo, *terror* da resposta.

— Todos no posto de fronteira morreram. Em meio à confusão, à
névoa da guerra, seus pais escaparam.

— Como?

— Não sabemos muito bem como. Francamente, parece impossível.

— Então, não sabem onde eles estão agora?

— Estamos reunindo informações.

— Então, estão simplesmente por aí, no meio de todo esse terror do Estado Islâmico, no meio de todos esses ataques de drones e os russos bombardeando a porra toda que veem pela frente, sozinhos?!

— Eu sei. Sei que está preocupada.

A cor deixa o café uma vez mais. Tudo volta a ficar bege e cinza. Me sinto... pesada.

— Paige, você pode ajudar. Precisamos de você.

— Está brincando, certo? O que *eu* deveria fazer?

— Vamos encontrá-los. Onde quer que estejam. E, quando encontrarmos, vamos trazê-los para casa. Você e eu.

— Eu?

— Sim, você. Comigo. Não vou deixar essa missão morrer. Não apenas por seus pais. Por *eles*. — Ele gesticula para as fotos. — Por suas famílias.

Aqueles quatro rostos estão me encarando. Os SEALs da Marinha. Eles também tinham pais. Três deles tinham filhos. Crianças pequenas. Há uma foto de uma delas, uma loirinha de olhos azul--claros, na frente de um bolo de aniversário, sorrindo, com glacê azul em volta de toda a boca. A vela no bolo é em formato de 3. Atrás da menina, seu papai a segura no colo, sorrindo de alegria. Sorrindo reluzentemente.

Nos olhos da garotinha, só há luz.

Há uma foto minha em meu terceiro aniversário em algum canto. Pareci com ela um dia.

— Quando começo?

II

# INTERLÚDIO
# I

*Ele é assim. O relato. Enfiado na sétima página do* Moscow Times. *Um mero parágrafo.*

*Diz apenas que tiros foram disparados e que houve diversos feridos a duas horas de Moscou na datcha de um notável moscovita, na quinta-feira, aproximadamente às nove da noite. Diz que houve uma subsequente troca de tiros. Não diz como, não diz por quê, e, mais importante, não diz quem.*

*Não, não diz quem por acaso estava naquela datcha em particular quando o caos, o tiroteio e a confusão geral começaram.*

*Porque, se tivessem dito quem, bem, então não teria sido cuidadosamente enfiado na sétima página do* Moscow Times. *Não, não. Se tivessem dito quem, teria estado na primeira página do* New York Times. *Matéria de capa. Foto antes da dobra.*

*Mas venham comigo. Vou lhes mostrar.*

# 1

Sabe quando nos filmes eles inserem uma sessão de treinamento com uma balada poderosa tocando alto durante uma montagem cheia de testosterona? E quando mostram o protagonista fracassado, meio gorducho, batendo numa carcaça de vaca em algum freezer cheio de carne em local não revelado? E quando ao final de três minutos ele simplesmente meio que emerge como Hércules? Bem, isso é porque na verdade mostrar alguém treinando por um longo período de tempo, ou qualquer período de tempo para falar a verdade, é tão empolgante quanto assistir à grama crescer. Mesmo se for para uma agência secreta de inteligência do governo. Risque isso. *Especialmente* se for para uma agência secreta de inteligência do governo.

— De novo — decreta Madden.

Não estou em um tanque de peixes, senhoras e senhores, mas em uma enorme piscina, os sons ecoando dos azulejos cavernosos. Não há qualquer indicação da entrada de todo este complexo, como em muitos de seus prédios, mas, se houvesse, eu chamaria este de "Complexo de Natação de Espiões Supersecretos", ou CNES, para abreviar. Ficamos aqui dentro a manhã toda, eu, treinando meu nado livre, tentando melhorar meu tempo, Madden, parado ali, na beira da piscina, fazendo com que eu me sinta como aquele peixe, o barrigudinho.

— Isto é aquele tipo de coisa em que você faz eu me esforçar tanto que desabo, então você me recompõe como um Madden-bô, atire primeiro, pergunte depois?

— É possível. — Madden dá um sorrisinho irônico.

E começo minha volta seguinte. A cada volta tento bater meu próprio tempo, competindo contra mim mesma.

É assim meu verão. Ou "Como Passei Minhas Férias de Verão".

Nada de festas ou ressacas e uma maratona da *Trilogia da vida*, de Pasolini, estrelando *O Decamerão* e o solteiro número dois. (Ah, você não conhece *O Decamerão*, de Pasolini? É porque se esqueceu de ser uma pessoa pretensiosa, com um amor por filmes completamente monótonos, cegamente flutuantes entre sexo, pastelão e humor escatológico.) Não. Nada de maratonas de filmes obscuros *neste* verão! Assim, em vez disso, é o verão em que o meio-fofo-mas-careta-demais Madden insiste em minha capacidade de prender a respiração por trinta minutos, correr um quilômetro e meio em três e contar piadas incisivas em russo fluente, imediatamente depois de ambas as coisas. No momento, ele insiste que posso nadar cem metros, estilo livre, em menos de noventa segundos. Para você ter um parâmetro, Michael Phelps fez isso em 47.

Sei que está achando que há um vilão dos filmes de James Bond me olhando do alto, afagando maniacamente um gato branco antes de acionar um botão para a entrada de cinco grandes tubarões-brancos. E, a esta altura, eu não me importaria muito, na verdade. Não agora, que praticamente me transformei em peixe, com direito a barbatanas e tudo, e que a dor na parte superior das costas e nos braços vá durar provavelmente até 2020. Então, dito isto, pode ver por que estou dando as boas-vindas à morte. Mas não é um vilão maléfico me torturando. Não. É Madden. Ele ainda está insistindo nos cem metros em menos de noventa segundos. Claramente pirou.

— Cento e treze segundos.

— Estou extremamente desgostosa...

Arfo.

— ... com este processo no presente momento.

Arfo.

— E com você também...

Arfo.

— ...de um jeito meio impassível.

Madden ergue a sobrancelha.

— A mulher protesta demais, penso eu.

— Você está só me irritando, penso eu. Admita, *você* não conseguiria fazer isso.

— Quer apostar?

— Por favor.

E não é que, antes que eu me dê conta do que está acontecendo, Madden tira a roupa, até ficar só de cueca, e pula na piscina?

Eu, por outro lado, estou ocupada tentando não notar como ele está — ok, seriamente, completamente, perfeitamente, não musculoso nem magro demais — em forma. Com aqueles gomos na barriga. Acho que chamam de tanquinho. Mas não estou prestando atenção em nada daquilo. Não mesmo. Em vez disso, estou fingindo admirar as boias azuis e brancas separando cada raia.

— Essas coisinhas de plástico azul e branco são bem interessantes. Quem será que as inventou?

SPLASH.

Foi Madden. Na piscina; nadando até o outro lado e de volta antes que eu consiga terminar a frase.

Ali. Viu? Ele já voltou.

Ainda estou fingindo não notar seu corpo, que faria uma mulher mais fraca talvez, digamos, se jogar para ele.

— Não parece que alguém realmente precisaria que essas boias azuis e brancas não se encostassem, mas, talvez, em uma improvável chance de terem algum delírio ou especialmente...

— Paige. Do que está falando?

— Ah, na verdade, só me perguntando qual deve ser o nível de cloro na piscina agora. Quando foi a última vez que verificaram? Já pensaram na possibilidade de uma piscina de água salgada? É realmente muito melhor para...

Ele sorri. Sai da piscina. Orgulhoso de si.

Acabei de perder a linha de raciocínio.

— Já pode sair. Terminou por hoje.

— Já? Ainda é meia noite.

— Vejo você às zero-quinhentos.

— Diga logo cinco da manhã. Não é como se estivéssemos em Beirute.

Há um instante entre minha própria saída da piscina e me secar com a toalha no qual meus sentidos de aranha se aguçam. Parece que eu poderia honestamente flagrá-lo me secando.

Olho para trás.

Mas não. Está olhando para longe.

Na verdade, não estou desapontada. Porque não é como se eu me importasse. Quero dizer, por que me importaria? Pare com isso.

Depois de uma chuveirada rápida no vestiário sabor alvejante contendo uma quantidade criminosa de química, saio de minha pseudo--Associação Cristã de Moças apenas oitenta por cento envenenada.

Meu telefone apita. Uma mensagem de Aaron. Diz apenas: *?*

Muito bem, Aaron. Um solitário ponto de interrogação. Sabia que inglês um dia foi uma língua?

Seu rival por meu frio e morto coração, Teddy, voltou para Santa Monica a fim de passar o verão, onde seu eu, atraente, mesmo sem esforço, está livre para aproveitar o clima perfeito sem uma garota fenomenalmente imperfeita, emocionalmente dissociativa, prestes a ser agente secreta do governo, com quem ele, a julgar por um recente *unfriend* no Facebook e *unfollow* no Twitter, terminou sem nenhuma cerimônia. Tudo bem, eu entendo. Eu também terminaria comigo. (Apesar de Teddy realmente ter sido o melhor do lote. Um dia, ele fará uma garota perfeita muito feliz. Ela terá um nome como Abigail. Verei as fotos do casamento dos dois em meu feed do Facebook e chorarei sobre meu sorvete vegano de cookie com pedacinhos de chocolate.)

Isso deixa apenas Aaron. O último baluarte.

Lembra-se daquelas cenas em todas aquelas montagens de treinamentos mencionadas anteriormente, nas quais você via o protagonista suado, assistindo ao cinema surrealista francês com seu interesse amoroso? Não? Sabe por que não? Porque Rocky Balboa não assiste a *O discreto charme da burguesia*. Eu sei. Você está surpreso.

Rocky Balboa treinou tanto que a montagem não mostrou a você que Luis Buñuel é como um narcótico de ação cerebral rápida, que o faz cair em sono profundo *avec* roncos. E possivelmente baba.

Olhe. Essa coisa toda de agora-sou-uma-espiã-internacional não vai cair bem com Aaron. Agora que pensei melhor, meio que me sinto obrigada a terminar com ele.

Só não sei como fazer isso.

*Oi, Aaron. Não, desculpe, não posso ir até aí. A questão é que fui meio que recrutada por uma organização secreta do governo — não, não a CIA. Chama-se RAITH. Eu disse RAITH — Sim, como em O Senhor dos Anéis... É, eu sei. Não sei se sabiam da referência. Eles são meio que sem humor para falar a verdade. Sabe o quê? Não importa. A questão é que, se há alguma esperança de libertar meus pais e possivelmente salvar o mundo, seja lá de qual maneira secreta possa fazê-lo, não vou poder levar nosso relacionamento adiante.*

ISSO SIM seria uma mensagem.

Quando saio do vestiário, Madden já se foi. Tudo bem. Não é como se eu achasse que estaria me esperando a fim de trocarmos gracejos inteligentes, ou que me convidaria para tomarmos um drinque em cima da hora nem nada.

Jesus. Pare.

Estou totalmente, *totalmente* desinteressada.

# 2

3h02.

*Cinquenta tons de cinza* é o nome de um livro, mas também devia ser o nome de meu quarto nas instalações de treinamento. Seja lá quem decorou isto aqui pesquisou os termos INSÍPIDO e METAL juntos no Pinterest. Paredes: cinza-claro. Porta: cinza-escuro. Cama: cinza-mais-escuro. Já deu para ter uma ideia. A luz no fim do túnel é que tenho meu próprio quarto. Não, não ficamos todos no mesmo quarto como em *Nascido para matar*, com aquele cara gritando epítetos raciais em nossos ouvidos o dia todo. Isto é muito mais chique. Só os melhores vêm para a RAITH. E por "melhores" quero dizer uma dose dupla de *depresso*.

Só tem mais uma garota aqui, e ela já conseguiu me fazer passar vergonha no curso de direção. Eu pego UBER. Ela é de East Los. Sim, leste de Los Angeles. Viv Martinez. Acho que ela pode ser a inspiração para *Velozes e furiosos*. Fato curioso: ela tem um moicano roxo. É meio que um roxo gradual, que fica mais escuro perto da nuca. Às vezes ela o usa pontiagudo. Às vezes para baixo, em um franjão.

Às vezes até faz uma trança com ele. E sempre parece *cool*. Parabéns, Veloz e Furiosa. Seja você.

Se está curioso a respeito do que estou fazendo acordada às 3 horas da manhã, a resposta é *hiperventilando*. Se está curioso a respeito de por que estou hiperventilando, a resposta é que acabei de acordar do sonho mais horrível com minha mãe. E meu pai. Geralmente, quando você acorda dessas coisas, pode suspirar de alívio por ter sido só um sonho. O problema é que não sei se é só isso mesmo. Pode ser real. Pelo que sabemos, pode ser exatamente apavorante e indizível e inumano desse jeito.

No sonho, minha mãe e meu pai acabavam separados um do outro. Minha mãe era enviada para uma fila comprida de mulheres e garotas, e colocada em um ônibus. Meu pai era forçado a entrar em uma fila comprida de homens, e, na frente deles, havia uma vala; atrás, homens com armas, vestidos de preto. Minha mãe assistia, gritando, antes da coisa horrível acontecer. Antes de as armas serem erguidas e apontadas.

Acordei, engasgando.

Levo uns dois minutos para entender que estou aqui neste quarto cinzento, que o sonho não foi real.

Deus, por favor, que seja apenas um sonho.

Há um travesseiro cinza aqui no qual posso afundar o rosto para ninguém me ouvir. Isso não é nem um grito.

É uma oração.

# 3

Madden resolveu que hoje seria um bom dia para me humilhar. Eis o que armou para antes do café da manhã: uma brincadeira de madrugada. Na verdade não tem nada de brincadeira — é uma corrida. Envolvendo carros. Envolvendo cones. Envolvendo curvas fechadas. Envolvendo competição. E, a pior parte, envolvendo a mim.

Sou excelente motorista.

Em minha mente. Quando ninguém está olhando. Poderia dirigir em círculos. E até ao redor de East Los Viv.

No entanto, há uma pequena questão de que, no mundo humano, quando estou dirigindo um veículo real, o que é raro, e há alguém no banco do passageiro, o que é ainda mais raro, tenho uma tendência a ficar nervosa. E um pouco neurótica. Ok, tudo bem, vamos encarar logo os fatos. Sou péssima motorista.

Madden me guia por um longo campo até o que parece um percurso com obstáculos de um comercial de carros. Um carro esporte prata nos observa do asfalto, duas listras de corrida no capô.

— Gostou? Dodge Viper SRT 2016.

— Não sei o que isso significa.

— Seiscentos e quarenta e cinco cavalos de força, torque de 813 Nm.

— Está mesmo falando inglês?

Seguimos até a coisinha sofisticada seguinte. Lá dentro, ao volante, está Viv, impassível.

— Qual é, Paige, admita. Está impressionada.

— Se eu fosse desnudar a parte materialista de minha consciência, talvez.

Madden me olha de cima a baixo.

— Você chegou a ganhar presentes de Natal...?

— Sim. E de Chanucá. E Kwanzaa. Dia de Reis. E também Festa de Santa Luzia e Ramadã. É importante não ter nenhum favorito. Veja... nunca se sabe quem pode estar de fato no comando desta coisa... provavelmente é bom não colocar todos os ovos em uma cesta só...

— Pare. Pare de falar.

Viv sai do Viper e me olha com uma expressão entre caridade e pena.

— É ela dirigindo hoje?

— Sim, Viv. Acredito que sim. Se importa de ir no banco do carona?

— Carona? Com ela?

— Eu esperava que você pudesse lhe dar algumas dicas.

— Que tal essa dica aqui? Não dirija, *juera*.

— Ok, acho que isso não é muito justo. Além disso, pode falar espanhol comigo, sou totalmente fluente, embora meu sotaque seja na verdade cubano, não guatemalteco, que é o que detecto em você, mas nenhuma de nós duas tem pronúncia espanhola de verdade, da

Espanha, porque, vamos admitir, aquele ceceio todo é simplesmente estranho.

— Por que está falando tanto?

Ai.

Ela se volta para Madden.

— Por favor, não me faça entrar no carro com ela. Tenho sonhos.

Madden sorri. Jamais imaginaria que ele teria uma conversa tão familiar com uma pessoa de moicano roxo.

— Acho que Viv tem razão; realmente não há motivo para eu dirigir.

Viv e eu olhamos para Madden, ambas esperando que ele desista.

— Boa tentativa, Paige. Mas nunca se sabe. Talvez você aprenda alguma coisa.

— E talvez VOCÊ aprenda alguma coisa também.

— O que isso quer dizer?

— Na verdade, não sei direito.

Viv olha muito feio para mim e volta para o carro.

— Ok, tenho uma pergunta.

Madden suspira.

— Sim.

— Este carro vale muito dinheiro humano?

— Paige, não há nada a sua volta. Ok? Você vai se sair bem. Apenas entre no carro, ligue a ignição e faça o percurso de obstáculos.

— Nessa ordem?

— Sim.

*BUZIIIIINA.*

No carro, Viv dá de ombros no sinal universal de *Mas por que m.... está demorando tanto?*

Olho para o percurso. Tem cerca de 1,5 quilômetro, com diversos cones laranja envolvidos. Na reta final, parece haver algum tipo de asfalto molhado, mas poderia facilmente ser uma miragem. O sol está nascendo ao leste, cobrindo a pista com um tipo de cobertor dourado fosco.

— É agora ou nunca, Paige.

Bem, lá vai.

# 4

Um Dodge Viper SRT 2016 custa exatamente 87.895 dólares. Eu sei, porque acabei de detonar um.

Permita-me explicar.

Antes da miragem com o pavimento molhado, eu estava indo muito bem. Sim, tagarelava nervosa sobre besteiras, mas, em geral, meio que curtia as curvas e os cones laranja. Para falar a verdade, foi empolgante. Emocionante!

Viv me orienta.

— Ok, entre na curva. Isso. Suave. Precisa manter suave. Nunca brusco. Brusco é a morte. Jamais brusco.

— Brusco é a morte.

— Sim, confiante. Suave. Penetre na curva. Nada de dúvidas. Não pode ter dúvidas. Dúvidas são a morte.

— Dúvidas são a morte.

— Exatamente. Agora vê isso? É concreto molhado. Se perder o controle em uma superfície molhada ou cheia de neve, pode ser bem mais difícil recuperá-lo. Sacou? Há muito menos tração para te ajudar.

— Muito menos tração para me ajudar. — Repito tudo o que ela diz, tentando absorver, nervosa.

— Menos tração é ruim. Perder o controle com menos tração significa a morte.

— Perder o controle com menos tração significa a morte. Cara, muita coisa significa a morte por aqui.

— É verdade, *gringa*. Precisa ter o dobro do cuidado na chuva ou na neve.

— Cuidado em climas inclementes.

— Precisa ser suave. Nunca brusca. Qualquer coisa brusca na chuva ou na neve significa a morte.

— Novamente.

— *Muerta.*

— Sim. *Muerta.* Saquei. *Lo entiendo.*

— Cuidado!

E essa é a parte em que algum tipo de engodo, feito para imitar uma mulher atravessando a rua com o filho, surge à frente e transforma o que parecia uma agradável sessão de aprendizado em uma armadilha mortal de desvios e descontrole, na qual Viv e eu damos uma guinada de lado a fim de não atingir a doce família de mentira, virando 180 graus para o outro lado e voando de ré até uma vala ao lado da pista, que se parece mais com um poço de cascalho da morte.

Depois do que parece um milhão de horas, mas é, na verdade, apenas cerca de um segundo, me viro para Viv e a vejo coberta de cascalho, terra e arranhões. A lata amassada ao redor não vai pegar bem quando eu quiser fazer um seguro. Nada se mexe no rosto de Viv. Tudo se mexe por baixo deste, em ebulição.

— Jesus. Sinto tanto, tanto mesmo.

— Saia do carro, saia do carro!

Agora Viv me arrasta para fora do carro, e paramos para olhá-lo. Tudo parece bem normal por um instante. Apenas um carro amassado em uma vala.

E então...

— Oh, Deus. CORRA!

Viv me puxa na hora em que alguma coisa no carro acende, e, quando me dou conta, há uma enorme explosão atrás de nós, e uma rajada quente de vento nos tira do chão, para o alto, para a frente, para o campo. Nossos rostos costumavam ter pele, mas agora são, em maior parte, arranhões e terra.

Viv também tem um olhar lancinante, e é para mim.

Além da garota, a fumaça do carro sobe por trás de sua cabeça, como nuvens vermelhas e cinzas.

Madden vem correndo do outro lado do campo em nossa direção. Ele devia estar sem fôlego, mas é um daqueles caras de crossfit, aposto, com algum tipo de aparelho medieval no porão, onde ele ri maniacamente a noite inteira, assistindo a *House of Cards*.

— Fiquem aí! Eles estão vindo!

Presumo que o *eles* do grito signifique uma ambulância na pista, as sirenes ligadas.

O olhar de Viv permanece em mim. Cortante.

— Você não gosta muito de mim não, né?

Ela expira, resignada, ali no meio da poeira.

— Tudo bem. Também não gosto muito de mim neste momento.

# 5

Não sei por que alguém na face do planeta usaria um arco e flecha. Quero dizer, parece um campo bastante limitado de especialização e utilidade. A não ser que seu nome seja Katniss.

A 30 metros de nós, há um alvo gigante. Um pontinho amarelo, envolto por vermelho, envolto por azul, envolto por preto. Há cinco alvos armados e quatro outros alunos iniciantes no arco e flecha a meu lado. Cheguei aqui primeiro, escolhendo ficar na ponta mais distante para tentar minimizar a humilhação. Acho que não preciso nem dizer que a história sobre o Viper se espalhou.

Madden está parado atrás de mim, soando como um manual de instruções.

— Sempre verifique suas flechas para ter certeza de que estão retas e de que cada rabeira está em boas condições. Uma rabeira ruim pode quebrar quando for disparado do arco, e fazê-lo pegar fogo. Isso pode machucar alguém e danificar o arco.

— Tem alguém lá?

— Sim. Sempre certifique-se de que sabe o que há atrás de seu alvo. Jamais aponte sua arma para algo que não pretende atingir. Flechas viajam rapidamente e são muito potentes.

— Obrigada. Acho que entendi.

— Certifique-se de que a flecha está no encaixe antes de atirar; senão pode causar sérios danos.

— Entendi. A rabeira.

— Escute, Paige. Atirar instintivamente exige coordenação entre olhos e o braço no arco. Isso permite que sua experiência e subconsciente guiem seu movimento. É algo que requer grandes doses de concentração e prática. Não foque em nada além do centro do alvo.

— Concentração. Tá.

— E tem certeza de que seu olho direito é o dominante?

— Sim, claro que tenho. Isso foi, tipo, o primeiro passo, lembra?

— Só quero ter certeza.

Ergo o arco, encaixo a rabeira e disparo.

Preto.

Totalmente não humilhante.

— Nada mal. Na verdade, achei que você nem ia acertar o alvo, então, isso é bom.

— Tá, legal, acabou?

— Boa tentativa. De novo.

Mais uma vez, miro e atiro. Azul desta vez.

— Melhor.

— Ok, boa. Podemos ir?

Madden apenas me encara.

— Está planejando me mandar para alguma espécie de reino no qual vou precisar matar todos os meus amigos com apenas esta arma para me salvar?

— Engraçado. De novo.

Levanto o arco, me concentro e disparo. Azul novamente.

— Ok, vamos tentar no amarelo dessa vez.

— Hum, amarelo é o alvo.

— Sempre mire no alvo, Paige.

— Bem, óbvio. Só estou avisando para não esperar muito.

Mais uma vez encaixo a rabeira, miro, me concentro e disparo.

Vermelho! Droga. Tão perto!

— Continue tentando durante uma hora. Eu volto ao meio-dia.

— O quê? Uma hora? Para que vai servir isso? A não ser que vocês tenham uma máquina do tempo e vão me mandar de volta para... Espere um minuto. Vocês TÊM uma máquina do tempo?

— Claro. Na verdade vim do século XL.

— A singularidade começa em 2043 ou a inteligência artificial extermina a humanidade?

— Nós erradicamos a humanidade. O que achou de minha pele humana?

— Branca demais.

— Claro. Vejo você em uma hora.

Depois que ele se afasta, grito:

— Sabe que esse exercício é meio sem sentido, não sabe? Tipo, cestaria embaixo d'água, ou Candy Crush, ou aquele jogo no qual os participantes precisam acertar uma bola inflável laranja em um círculo de arame paralelo à Terra.

— Quer dizer basquete.

— Ah! É assim que se chama.

Apesar de estar frio demais aqui fora, e eu realmente preferir voltar para a cama e dormir umas dez horas, tem alguma coisa em estar neste espaço. Este lugar com a grama molhada e o orvalho matinal Este espaço com o pio dos pintarroxos. Este espaço... com Madden.

Ele o torna melhor.

Apesar de ser irritante e mauricinho e careta. O ar a sua volta, ou a maneira com que ele o inspira, ou só meio ver como está vestido. Ele faz parecer melhor.

Nunca posso confessar isso a ele.

Agora ele já está na metade do campo, voltando para seja lá qual operação secreta tenha confiado a alguém. Não sei por que, mas me flagro o observando. Hipnotizada por sua trajetória no campo, o orvalho matinal como um cobertor sob nossos pés, e o sol jogando uma sombra âmbar sobre o tapete de capim.

Ele olha para trás.

— Por que ainda está me olhando?

— Estou esperando você voltar a sua forma robô original!

# 6

Viv me analisa com uma expressão de pena. Os tapetes debaixo de nossos pés ficam vermelhos, azuis, vermelhos, azuis por toda a extensão do chão, até o vestiário. A sensei aqui é de Quioto. Seu nome é Satchiko. A palavra em japonês para *menina que traz boa sorte.*

Há outras oito pessoas no tatame, meus companheiros de treino, nos observando, em expectativa. Tenho a sensação de que estão animados para ver Viv me quebrar em pedacinhos. A história que se espalhou não foi apenas sobre o Viper... foi também sobre Viv. Então, possivelmente, há apostas para este momento. Apostas altas.

Satchiko dá um passo para trás graciosamente, em respeito à arte.

Isto é apenas um *dojo* padrão de judô, e estou segura de que ninguém contou a Satchiko sobre minha experiência em eskrima, jiu-jítsu, aikidô ou caratê. Tudo bem. Não preciso alardear nada.

Viv e eu ficamos frente a frente. Ela ergue uma das sobrancelhas, como perguntando se estou planejando simplesmente fugir.

Abaixo e levanto levemente a cabeça.

Ela se aproxima, forçada.

*VLAP!*

Sim, acabei de jogar Viv no tatame. Um arfar coletivo varre o *dojo*. Todos menos Satchiko. Satchiko é uma verdadeira japonesa.

Viv olha do tatame para mim.

Posso perceber que está prestes a usar todos os palavrões em inglês, espanhol e espanglês, mas, vendo Satchiko parada ali com a seriedade do monte Fuji, parece pensar duas vezes.

Viv se levanta e espana a poeira.

Satchiko gesticula para iniciarmos um segundo round.

Viv, mais uma vez para a minha frente, desta vez afoita, pronta para lançar-se.

Satchiko assente, e Viv vem com tudo para cima de mim.

*VLAP!*

Desta vez foi ainda com mais força. Culpa de Viv, na verdade. Apenas usei seu impulso. Mais uma vez um arfar coletivo.

Ela fica no chão por um segundo, estupefata. Seus olhos estão fixos no teto. Acho que tinha certeza de que aquele round seria seu.

Satchiko assente para mim, o sinal de "acabou".

Estendo uma das mãos para ajudar Viv a se levantar. Ela a olha.

Posso notar que a última coisa que deseja é aceitá-la. Entendo. Acabei de humilhá-la na frente do *dojo* inteiro. Meio como me humilhei destruindo aquele Viper.

Satchiko fica parada ali, calma.

— A montanha permanece imóvel pela aparente derrota na neblina.

Pode-se imaginar que o mundo explodiria em pedacinhos e Satchiko ainda estaria parada ali, como um salgueiro de mil anos.

Deixo a mão estendida para Viv.

Você deve estar se perguntando por que não estou cuspindo meu sarcasmo de sempre por todo lado. Mas não se faz isso aqui. Em lugares como este, você quer ser como Satchiko, quieta como o lago em volta do templo dourado de Quioto.

Viv respira fundo e cede, aceitando minha mão e minha ajuda. Uma vez de pé, ela esfrega as costas e olha para mim, curiosa.

Tudo bem. Sei que ela achava que eu era só uma idiota. É esse o objetivo, na verdade. Espere o inesperado. Há mais por trás das artes marciais do que apenas os golpes. Pergunte a Satchiko.

Saindo do *dojo*, todos assentimos com respeito, e cuidadosamente vamos embora.

— *Arigatōgozaimashita.*

Agradeço a você.

Ao sair, escuto Satchiko dizer:

— *Jukuren shita taka wa sono kagidzume o kakushi.*

Significa:

"Um falcão competente esconde suas garras."

Repito isto para Viv, que no momento está mais que irritada com tudo a meu respeito.

— É. Ele as esconde tão bem que é confundido com um peru — balbucia ela, esfregando as costas.

— Espere. Acabou de me chamar de peru?

Mas eu sorrio. É a coisa mais legal que escutei em um bom tempo.

# 7

Estratégias para fazer Gael García Bernal se apaixonar por mim:

1. Ser atropelada por um carro. Deito no chão, o vestido vagamente étnico, mas sem apropriação cultural demais. Talvez exponha uma coxa, ou pelo menos um joelho. Certificar-me de que sou atropelada apenas o bastante para parecer desgrenhada, porém não como um filme de terror, tipo, metade do rosto destruído. Não, não. Preciso estar confusa, mas beijável. Apenas o suficiente para ele pensar subconscientemente em mim deitada a seu lado depois de me devorar. Neste cenário, imagino que a rua seja de paralelepípedo. A tia de alguém está pendurando roupas em um varal ao fundo.

2. Acidentalmente virar sua tradutora. Colocar-me em uma situação na qual ele está em terra estrangeira e precisando de alguém que traduza do espanhol para o russo (ou francês ou chinês). Tudo parece completamente casual e destinado a ser. Ele vai me olhar cheio de gratidão enquanto coro. Ele vai achar isso encantador e me convidar para jantar ou tomar um drin-

que ou, talvez, apenas dar uma volta no parque, uma desculpa para nos olharmos afetuosamente.

3. Persegui-lo.

Tenho quase certeza de que o terceiro seria o plano menos bem-sucedido, mas pode ser necessário para pôr em prática o primeiro ou o segundo.

Ok, sei que deve estar se perguntando por que estou obcecada por Gael García Bernal de repente. E serei sincera com você. Foi meio súbito. Sabe, o que aconteceu foi... fiquei vendo um filme atrás do outro. Comecei com *Mozart in the Jungle*. Foi o aperitivo. Então, fui para *E sua mãe também*. O prato principal. Depois, *Diários de motocicleta*. Claramente a sobremesa.

Agora sou uma causa perdida.

Em meus devaneios, estamos estudando, lado a lado, e fico totalmente nervosa e sinto borboletas voando por todo lugar dentro do corpo, e, então, a melhor parte... eu e ele ficamos em silêncio por um instante. Essa é a parte na qual fico me perguntando se ele está apaixonado por mim, ou se sou apenas uma idiota. E, então, ele me beija. E é um beijo longo e supersexy, no qual estou tendo dificuldade em me concentrar porque estou pensando: *Por favor, ache meu beijo bom. Por favor, ache meu beijo bom. Por favor, ache meu beijo bom.*

É o fim do devaneio.

E eu amo esse devaneio. Porque essa é uma realidade na qual eu simplesmente entraria feliz e da qual jamais sairia. Tipo, se Deus descesse dos céus e falasse: *Olá, Paige, minha criança! Gostaria de ficar na realidade DE VERDADE ou gostaria de ficar NESTA realidade beijando Gael García Bernal? Qual você escolhe... para toda a eternidade?* Eu não levaria nem um segundo para responder, *Escolho a opção com o Gael, Senhor.*

Como sei disso? Bem, sempre que tenho esse sonho fico imensamente decepcionada ao acordar. Tipo, *arrasada.*

Além disso, agora que terminei com todos os meus namorados, ou eles terminaram comigo, sobrou só Gael e eu. É com ele que sonho acordada. Sozinha. Durante o almoço.

O almoço é em um refeitório estéril pago pelo governo. No momento, Madden está caminhando em minha direção, a bandeja de plástico a sua frente.

— Sonhando acordada?

— Não. Apenas bolando estratégias para fazer Gael García Bernal se apaixonar por mim.

— Como é?

— Não chegamos aos amassos ainda, mas estou torcendo para isso acontecer em breve.

— Hum... Oook. — De repente Madden parece desejar ter escolhido outra mesa.

— Você tem sonhos, Madden? Robôs sonham? Me conte. Preciso saber!

— Gostaria que eu perguntasse a meu robô aspirador Roomba?

— Na verdade, agora que estou pensando melhor, parece um teste de critérios mais adequado que o do Turing. Eu sonho, portanto sou.

Ele se senta a meu lado. Pega seu onipresente telefone.

— Tem o contato de Elon Musk aí nessa coisa? Talvez ele tenha algum insight sobre a questão. Além disso, eu adoraria visitar sua fábrica.

— Sério? Quer bater com um Tesla também?

— Estava pensando mais em uma nave espacial dessa vez.

— Sabe, Paige... pode ser uma boa guardar aquela lista de estratégias.

— O quê?

— Para seu *crush* astro de cinema, seja lá qual for o nome.

— Sério? Por quê? Ah, meu Deus, meu novo parceiro espião é Gael García Bernal? Por favor. Por favor, me diz que eu e ele vamos nos apaixonar em um barco sobre o Bósforo, em Istambul. Vai estar frio por causa da brisa, mas ele vai me emprestar o casaco e me confortar!

— Paciência, criança delirante.

# 8

Todo mundo precisa ser bom em alguma coisa. A Louca por Velocidade, de East Los, é boa na direção. Sou boa em artes marciais. Nenhuma de nós é boa em carregar um pacote de mais de 20 quilos por cerca de 30 quilômetros, na lama.

Isso é evidenciado pelo fato de que todo mundo está na nossa frente, e, sim, sou a última. Paige Nolan. Última.

Atrás de mim, Randall ladra ordens. Se você está se perguntando quem é Randall, ele é um agente de treinamento afro-americano bem grande, geralmente bem cordial, que está me fazendo passar pela própria versão de inferno e humilhação aqui. Em qualquer outro dia, gosto de Randall. Hoje, quero estrangular Randall.

— O que você tem, Nolan? Não comeu couve suficiente hoje?!

Isso foi uma piada.

Humor.

Eu riria se não estivesse prestes a tombar em uma pilha de lama, suor e lágrimas.

— Não está fácil, está, Bryn Mawr? Quer desistir?!

— Não, senhor.

— O que foi que disse?!

— NÃO, SENHOR! NÃO QUERO DESISTIR, SENHOR!

Deus, que saco! Por que estou fazendo isso mesmo? Falta cerca de um 1,5 quilômetro, mas acho que não vou conseguir. Quase 40 graus, e tenho certeza de que a umidade deixa a sensação em mais de 400. Assim é a vida em Marte durante o dia. Este é o quinto círculo do inferno. Isto é Oklahoma.

Nunca imaginei que podia suar pelos olhos.

Vivendo e aprendendo.

Uma de minhas pernas para de responder. Quero dizer, eu a levanto. É a primeira parte de um passo. Aprendi isso com 1 ano. Mas, então, quando a desço, ela apenas meio que desaparece debaixo de mim, e agora *desabo* de cabeça na lama.

Não sei se você sabe como é cair de cara na lama. É diferente de qualquer outra experiência que posso descrever. É como se o mundo lhe desse uma pancada no rosto em um momento de dor, sim, mas a dor da humilhação total é realmente o que mais o abala. Não dá para ficar muito pior que isso. E dá para sentir o gosto. Da lama. Porque seu rosto está enterrado. Você está literalmente comendo terra.

Jesus, Maria e José.

E todos os santos.

Não consigo fazer isso.

Em algum lugar, atrás de mim, escuto Randall ladrando mais insultos, porém é apenas um som de fúria sem significado.

Porque não vou levantar. Não tem como.

Para mim chega.

Olhe, foi uma boa corrida e dei meu melhor.

Acabou.

*Fin.*

Mas, então, escuto. O som de minha mãe, do sonho. Os gritos. As metralhadoras para o alto. Minha mãe gritando por meu pai. E as armas são disparadas. E escuto o tiro.

E, de repente, estou de pé e correndo.

Aquele tiro é como um arranque.

E Randall fica bem para trás.

E não vou deixá-los se render docilmente na noite.

Vou lutar contra o apagar da luz.

# 9

— Sean Raynes? O merda do Sean Raynes?!

Madden esperou sairmos do refeitório industrial para jogar aquilo em minha cabeça. Acho que não queria que eu fizesse uma cena. No momento, estamos em uma espécie de escritório improvisado. Pelo menos espero que seja improvisado. Acho que aquela cadeira é da OfficeMax.

— Afirmativo.

— Quer que eu ache Sean Raynes e conte a vocês onde ele está? Sabe que isso é ridículo, não sabe? Tipo, isso não faz o mínimo sentido.

— Faz todo sentido.

Madden continua irritantemente inexpressivo.

— Ok, você sabe que ele é um cara que idolatro, não sabe?

— Tipo o Gael-sei-lá-o-quê?

— Não, mais que isso. Tipo idolatro/respeito. Não idolatro e quero ter cinco filhos com ele, depois de muitos anos viajando pelo mundo e tendo noites quentes em toda parte, de Cinque Terre a Quioto. É um amor de *admiração*.

— Bem, então não será um problema para você.

— Não, não, não, não... você não entende. Isso é tipo o equivalente a uma novela. Isso é tipo... "Semana que vem em *Eagle's Crest*... Priscilla Von Prissington se tornará pobre ou herdará a propriedade da família, assassinando a idêntica irmã gêmea desaparecida e ligeiramente louca, a quem ela idolatra, mas também de quem sente um ligeiro ciúme?"

Ele faz uma careta.

— Como é viver aí dentro?

— Onde?

— Nesse mundinho estranho entre essas duas orelhas?

— O quê? Não, olhe, pare de tentar mudar de assunto. Não vou fazer isso. Ok? Não. A resposta é não. N-Ã-O.

Ficamos em uma espécie de silêncio amigável. Ele não está zangado. Acho que ele provavelmente sabia que seria assim. Resolvo usar a pequena pausa para observar seu escritório *de facto*, que é bem mais Zen do que eu imaginava. Quase minimalista. Não há mesas de mogno ornamentadas, decoradas com pesos de papel e estátuas de patinhos, nem uma poltrona *wingback* majestosa, estampada de pássaros, onde eu poderia imaginá-lo lendo *A glória de um covarde* feito um patriota, porém intelectual, patriarca, enquanto distribui tarefas aos subordinados.

Não. É apenas uma cinzenta mesa de escritório, uma fenomenalmente funcional cadeira de escritório de couro falso preto e uma xícara de café branca, com pacotinhos de açúcar abertos espalhados ao redor.

Engraçado, não achei que seria um cara doce.

— Sabe, você realmente devia ter algum tipo de frase vagamente engraçada e não ofensiva em sua xícara.

— Sério?

— Sim.

— Tipo qual?

— Tipo... "Há uma chance disso ser cerveja!" ou "Trago a pessoa amada em três dias!", ou, talvez, um gato pendurado de um galho de árvore, "Segure firme!".

— Desculpe desapontá-la.

Não há nenhuma janela aqui para a qual olhar contemplativamente.

— Não vou fazer isso — aviso finalmente a ele.

— O quê?

— Matar Sean Raynes.

— Epa! Ninguém falou nada sobre *matar* alguém. Não é disso que se trata. Olhe, Paige, temos ouvido umas histórias. Muitas, na verdade. Ele tem alguma coisa.

— Tipo o quê?

— Informações adicionais. Uma garantia. Uma coisa que muita gente gostaria de obter. Uma coisa que poderia colocá-lo em apuros. É parte de seu trabalho descobrir exatamente o que essa coisa é.

— Continuo não entendendo. Por que *eu*? Você tem um zilhão de agentes mais preparados para isso.

— Na verdade, não. Temos uma só. Paige Nolan.

— Ok, observação: o que isso tem a ver com meus pais? É para isso que estou aqui, lembra? Não só para executar atos aleatórios de disputas internacionais.

— Posso assegurá-la de que não é um ato aleatório.

— Ok, bem, e o que isso tem a ver com meus pais?

— Temo que isso esteja acima de sua escala de remuneração.

— Sério. Me conte.

— Paige, o trato é o seguinte. Não podemos revelar a todo agente todas as informações. Senão vocês seriam todos assassinados. Ou torturados. Ou as duas coisas. É um procedimento padrão de operação garantir *negação plausível*, e preciso que você simplesmente confie em mim, ok?

— Então, esclarecendo: você é um agente do governo... me pedindo para confiar em você.

— Sim.

— Tem algumas barragens para me vender em Nova Orleans?

Ele suspira.

— Paige. Essa é apenas uma missão para descobrir fatos.

— Mas. Você. Leu. Meu. Twitter. Sei tudo sobre esse cara. Se ele tivesse um fã-clube, euzinha aqui seria presidente. E possivelmente a tesoureira. Você até mencionou isso em nossa entrevista falsa.

Ele fica calado. Penetrantes olhos azuis fitando diretamente os meus.

Eeeeeeee, agora entendi.

— E é isso que me torna a melhor candidata para essa operação em particular.

Ele sorri, satisfeito por sua discípula ter entendido esta lição em particular, e me entrega uma pasta.

— Tome.

— Ugh! Isso é ridículo — resmungo, pegando a pasta.

— Não, essa é a primeira missão de Liberdade.

— Quem é Liberdade?

— Você. É seu codinome. Achei que iria gostar por ser tão... patriota.

— Muito engraçado.

— Mas, sério, você tem que me dar algo valioso com o qual barganhar.

— Espere! O que quer dizer?

— Não há garantias, mas, se completar a missão com sucesso, posso reativar o caso de seus pais.

Esta sala é sem graça e horrível demais para meus pais serem citados. Seus nomes jamais deveriam ser mencionados neste lugar cinzento, de tardes contadas por colheres de café.

Quero agarrar a mesa de metal e atirá-la para o alto.

— Então, Liberdade, também conhecida como eu, vai simplesmente entrar bailando na Rússia, encontrar Raynes e... sei lá, apagá-lo com clorofórmio ou coisa do tipo?

— Claro que não.

— Ótimo.

Ele dá um sorrisinho.

— Quase não usamos mais clorofórmio hoje em dia.

# 10

Acho que a ideia geral aqui é que sou uma aluna de intercâmbio. Na Universidade Estadual de Moscou. Que é tipo a Harvard da Rússia. Então, sou uma aluna de intercâmbio *inteligente*. Honestamente, acho que podiam ter se saído melhor. Por que não me transformar em uma chef ou acrobata, ou algo com um pouco mais de vigor? Quero dizer, acho que o ponto forte por aqui não é o departamento criativo.

Realmente não devia estar surpresa pelo fato de a poltrona a meu lado na classe *econômica* na ida até Moscou, antes vazia, de repente ser preenchida por um certo conservador-e-no-entanto-não-horrivel-mente-feio chamado Madden.

Ele afunda a meu lado.

Logo quando eu estava degustando minha segunda vodca tônica.

— É realmente embaraçoso o modo como você não para de me seguir.

Ele dá um sorrisinho irônico.

— Nas palavras de Aerosmith: *Dream On.*

— Sabe que aquele cara tem uns 103 anos, não sabe?

— Que cara?

— Você sabe, o cara do bocão.

— Está se referindo a Steven Tyler?

— Talvez. Na verdade, não tenho certeza.

A comissária de bordo passa e sorri para Madden por um segundo a mais que o necessário.

— Eca. Ela está paquerando você. Está na primeira classe?

— Claro.

— Capitalista. Então, a que devo a honra desta visita à terceira classe?

— Gostaria que desse uma olhada aqui.

— Em seu pênis?

Ele suspira e baixa os ombros.

— Por que você é tão irritante?

— Ninguém sabe. É um dos grandes mistérios do mundo, assim como quem construiu as pirâmides ou por que o estacionamento do Trader Joe's é sempre tão excêntrico, ou por que Donald Trump é laranja.

— Aqui. Dê uma olhada.

Ele me mostra uma fotografia antiquada. Não estou falando de uma foto em preto e branco. Quero dizer, é antiquada. Porque é uma fotografia. Impressa em papel de verdade. Papel vindo de uma árvore.

— Isto é bem tecnológico para você.

Ele balança a cabeça em uma demonstração quase imperceptível de decepção.

— Analógico. Impossível de hackear.

Ah.

— Agora vou entregar isto a você, você vai memorizar este rosto e depois vai queimar a fotografia. Por favor, espere até termos aterrissado.

Na foto, um vilão de livros infantis me encara de volta. Bem, não exatamente a mim, considerando que a imagem parece ter sido tirada de uma câmera de segurança bem acima da altura dos olhos. Mas seja lá quem está encarando, parece que é bom a pessoa se cuidar. Ele tem cabelo escuro, usa uma jaqueta preta e, claramente, tem o coração negro.

— Nossa! Tem certeza de que não encontrou este cara em uma agência de talentos?

Ficamos observando a fotografia. Um estremecimento coletivo passa por nós. Honestamente, esse cara parece capaz de rasgar sua garganta por 25 centavos.

— Oleg Zamiatin — revela Madden.

— Jamais achei que eu diria isso, mas ele parece um Oleg.

— É um dos comandantes Spetsnaz mais condecorados da Rússia.

— Spetsnaz?

— A versão russa dos SEALs. Foi campeão olímpico de judô e às vezes assassino, e provavelmente será a última linha de defesa de Raynes se conseguir separá-lo dos outros agentes da FSB.

— Então, basicamente está me mostrando a foto do cara que vai me matar.

— Não, estou mostrando a foto do cara com quem você vai lidar e com quem pode ter que, na pior das hipóteses, lutar. Possivelmente. Em autodefesa.

— Legal. Tudo legal. Posso ir para casa agora?

— Lembre-se, Paige, *tudo o que fará é descobrir o que Raynes tem.* Você ficará bem. Vai conseguir.

Caso estejam se perguntando, FSB é o Serviço de Segurança Federal da Federação Russa. Sei o que está pensando. Não devia ser *Bureau*, considerando que é *FSB*? Mas é o alfabeto russo. Escrita cirílica. As coisas ficam meio doidas entre os alfabetos.

Eis o que está claro: atualmente, a KGB da era Soviética basicamente é a FSB. É uma questão de *branding*. Como se a Halliburton um dia chegasse e falasse: *Ei, todo mundo odeia a gente. Vamos mudar nosso nome para Palliburton!*

Mesma merda, outra cor.

— A FSB o protege.

— Porque ele é basicamente uma vergonha nacional para os Estados Unidos, e eles adoram isso.

— Exatamente. E... também não sabem quais outras informações ele tem. Assim como nós, seja lá o que for, eles querem.

— Acho que ele foi esperto em ir para a Rússia.

— Ele não *escolheu* ir para a Rússia — rebate Madden. — Nós revogamos seu passaporte enquanto sobrevoava o espaço aéreo russo. Ele não teve escolha!

— Ah, *isso* foi legal da parte de vocês.

— É, bem. Funcionou. Até mesmo a brilhante Paige Nolan acha que ele *escolheu* ir para a Rússia. E, para algumas pessoas, isso faz de Raynes um traidor. — Ele faz uma pausa. — Preciso admitir. Não acredito que enganamos você.

— Espero que seja a última vez.

Ficamos sentados lado a lado por um instante, em um silêncio desconfortável.

— Por que explodiu agora há pouco?

— O quê?

— Você meio que quase pulou em meu pescoço agora há pouco. Para ser sincera.

Madden está em algum outro lugar.

— Não tenho a mínima ideia do que você está falando.

Ele se levanta e volta para a primeira classe.

E fico sentada ali, olhando enquanto se afasta. Ok. Foi um momento meio *O médico e o monstro*.

Será possível que Madden seja mais complicado que pensei? Talvez haja mais por trás de sua fachada arrumadinha.

Olho para a fotografia de Darth Oleg.

— Tudo bem. Está tudo ótimo. Eu consigo.

Esta é minha maneira de me sentir melhor.

Ah, e...

Não está adiantando nadinha.

# 11

Uau! Eu não estava preparada para a forma com que todas as garotas se vestem bem aqui. Tipo, nada preparada.

Moscou é tipo Paris encontra Tóquio. E é acima da média.

Os programas de TV americanos fazem você acreditar em estereótipos idiotas. Tipo, que toda mulher aqui tem cabelos platinados e usa casacos de pele com joias chamativas. Não, não. Estas mulheres se vestem com uma calculada indiferença e o que ouvi o pessoal de *Project Runway* chamar de "know-how". Desembarquei do avião, estou andando há quatro horas, e já vi dez visuais diferentes que planejo copiar.

E não é só isso. As garotas aqui, estas moças... estão seriamente desfilando. Sem desculpas, sem se diminuir. É simplesmente uma passarela inteira nas ruas, sobre calçadas de pedras, em saltos de mais de 12 centímetros. Isto é normal: correr sobre saltos agulha, em ruas de pedras, parecendo que você é uma página animada da *Vogue*. Esta é a moda aqui.

E tem também a chocante verdade a seguir. Esta *cidade*. Moscou. É muito mais... encantadora do que jamais poderia ter imaginado.

Quero dizer, as pessoas não estão sempre brincando sobre como tudo aqui é feio e sem graça? Nada além de cinza, filas para pegar pão e propaganda? Nada disso... Há brilhantes arranha-céus prata repartindo os ares atrás de um pano de fundo do Kremlin, e cerca de cem outros prédios majestosos, que parecem algo que Walt Disney poderia querer recriar na Disneylândia. *E aqui, amigos, as xícaras Kremlin! Subam na Montanha-Russa da Praça Vermelha da Perdição! Senhoras e senhores, borsch de graça com seus bolos de funil!*

Vire e olhe em todas as direções e verá as cúpulas bizantinas em formato de cebola de seja lá qual for a superfantástica igreja ortodoxa russa de mil anos por perto. Em tons de azul, vermelho, ferrugem, dourado, turquesa. Turquesa! Ou podemos falar dos palácios barrocos, que tal? Casas, prédios, museus... pintados de cor-de-rosa, azul-celeste, amarelo, verde-limão, com molduras branquíssimas em volta das janelas, portas e colunas. Em Nova York, qualquer um desses prédios estaria no Guia do Visitante. Aqui: Ah, estão simplesmente ali; quem vai saber o que eles são? Agora vamos olhar para cá: um imponente prédio da era soviética com "CCCP" em relevo no alto, remetendo aos velhos e terríveis dias, que realmente não foram há tanto tempo assim, honestamente. É isso que penso quando passo por um "café kitsch da era soviética", com um machado e uma foice no menu, ironicamente. Ironicamente!

Sério, que lugar é esse?

Para tornar as coisas ainda mais bizarras, esqueça seu velho e bobo alfabeto. Aqui tudo é no alfabeto cirílico, então, atenção. Apenas lembre-se, "restaurante" soletra-se "pectopah". Isto deve ajudar.

Fato curioso: toca techno em todos os lugares. Não, não... *Ah, eles tocam bastante techno aqui. Todo* lugar. Todo restaurante, bar, loja de roupas, calçada, café, posto de gasolina, consultório dentário e jardim de infância. É só techno. Falando sério. Não sei quando essa lei foi decretada, mas acho que é obrigatório.

Estou absorvendo tudo isso ao caminhar na direção do maciço e imponente campus da universidade.

Agora, a Universidade Estadual de Moscou em si fica basicamente ao redor deste gigantesco prédio, que foi o prédio mais alto da Europa até 1990. Em geral é elegante, mas há definitivamente algo de errado com as proporções. Não sei bem o que exatamente. Não consigo identificar. Há prédios elegantes por todo lado, e um verde e insanamente grande lago para se observar. Se estiver no clima para observar.

Mas a elegância termina aí.

Espere só até ver o dormitório.

— Este é o dormitório da Universidade Estadual de Moscou. Você dividirá a entrada, o banheiro e os chuveiros. Há uma cozinha compartilhada em cada andar, mas fique longe da geladeira...

Ela aperta o nariz no gesto internacional de *eca*. Meu comitê de boas-vindas à Universidade Estadual de Moscou consiste em uma *babushka* nativa da era Stalin, que me acompanha pelo dormitório, uma mistura estética de minimalismo *amish* e abrigo antibombas. De repente, não importa mais eu ser uma espiã disfarçada em terra estrangeira, enviada para obter informações da maior ameaça à segurança de minha nação. De repente, olhando para a pintura descascada azul Tiffany — que é em grande parte chumbo — nas paredes, e o mofo no teto acima de mim, penso no que minha mãe faria se visse aquilo. Honestamente, me faz estremecer. Ela se atiraria em cima de mim e me arrastaria para fora em pânico. Praticamente explodiria. "Ah, meu Deus, este lugar está cheio de pintura química com chumbo descascando! Esporos de mofo! E provavelmente asbestos." Ela me faria sair em exatos dois segundos.

— Como são os insetos?... *Kak Yavlyayutsya oshibki?* — pergunto.

Ela me olha. Posso notar sua indecisão sobre me contar a verdade ou não. Indaguei em russo, então, ela não está me tomando por uma pessoa completamente horrível.

Ela faz um gesto de mais ou menos com uma das mãos e dá um sorrisinho com os lábios frouxos.

Ora, ainda bem que eu trouxe meu matador-de-insetos-de-hotel-cem-por-cento-orgânico.

— E os ratos? Tem ratos?... *Kak myshey? Lyubyye myshey?*

Mesmo gesto.

Ora, ainda bem que eu trouxe meu removedor-de-ratos-de-hotel-cem-por-cento-orgânico.

Ela dá de ombros e sorri. O que fazer? Agora ela se afasta para apresentar as verdadeiras maravilhas e o lento envenenamento de um dormitório de Moscou a alguma outra pobre americana.

Mas estou legal. Vou ficar legal.

Quando sobrevoamos Moscou antes de aterrissarmos, tive essa sensação de estar em um carrossel, rodando por algum tipo de parque de diversões, e que realmente não havia esperança alguma nisso tudo, que eu era uma idiota.

Quero dizer, essa chance de ter meus pais de volta? Não é real. Isso é só um sonho estranho, e logo vou acordar em Bryn Mawr, ao lado de um de meus três confiáveis peguetes, e tudo vai ficar bem. Vou pegar minhas roupas e sair na ponta dos pés de um de seus quartos antes de ter que inventar algum papo desconfortável durante o café da manhã.

Você sabe. Como uma *pessoa normal.*

Observação: realmente não entendo como alguém poderia, de fato, tomar café da manhã com alguém com quem acabou de dormir. Tipo, o que você deveria dizer? *Ei, lembra aquela parte com sua língua ontem à noite? Bem, gostei bastante daquilo. Bom trabalho.* Quero dizer, falando sério agora. É tão mais fácil pegar suas botas e dar o fora de fininho. Sempre sinto pânico naquele momento. Tipo... *Por favor não acorde por favor não acorde por favor não acorde.* O horror de engatinhar em busca de minhas roupas, seminua, e ter que jogar conversa fora anula todas as minhas funções cerebrais normais. Esse medo já me fez deixar para trás mais de uma calcinha em um ataque de pânico.

Mas, naquele momento antes de pousar, olhando da janela a Praça Vermelha e os arranha-céus ao longe, eu aceitaria aquela desconfortável conversa ajoelhada seminua qualquer dia da semana. Que diabos estou fazendo? Quem exatamente penso que sou?

Então, me lembro de minha mãe e do espasmódico ataque orgânico que ela teria por causa do dormitório quimicamente tóxico.

E isso me relembra o motivo de estar aqui.

Uma vez, ela mudou todos os colchões da casa em um surto aleatório sobre retardadores de chama e liberação de gases. Outra vez, ela tirou tudo debaixo da pia, encarando os rótulos dos produtos de limpeza, estreitando os olhos para as letrinhas, dizendo "Oh, Deus" e atirando cada um deles no lixo. Meu pai ficava parado, assistindo, divertindo-se ligeiramente. Deus, ele a amava...

Ele a *ama.*

Certo? Ele a *ama.* Porque é tudo por este motivo, este tempo presente. Eles estão vivos, e ele a ama *atualmente*, e eu *ainda* os amo.

Uma vez estávamos em Belém, Palestina, quando meu pai escrevia uma história sobre a escola de arte local, uma escola fundada por um jovem de um campo de refugiados. Era uma história inspiradora. Uma história de esperança em meio ao caos. Forte concorrente ao Pulitzer. Fomos ver as obras dos alunos, os mais velhos com apenas 17 anos. A aluna mais nova tinha 5 — uma garotinha que um dia perambulara para dentro da escola e, literalmente, pegara um pincel, começando a pintar.

Minha mãe conversava com a criança, perguntando sobre suas pinturas.

*Quem é esta? E quem é este? E o que eles estão fazendo?*

A menininha sorria, um pouquinho tímida, mas, depois de um tempo, começou a se abrir com minha mãe. E ela estava parada ali, quase debaixo de sua asa, olhando para cima com um sorriso no rosto. Essa pequenina garota de Belém, com grandes olhos castanhos. Ela ficava enrolando o colar de minha mãe em volta dos dedinhos. Alguma coisa doida que mamãe tinha comprado nas ruas de Istambul.

E minha mãe notou como ela tocava no colar, hipnotizada e encantada por ele também. Uma mistura absurda de cores e fitas e pedras. Fios grossos de bordado. Não fazia sentido, aquele colar. Mas me lembro de ver minha mãe tirando-o e entregando-o à criança. Me lembro da garotinha, seus olhos se iluminando. Ela mal podia acreditar. Foi como dar a ela um navio cheio de ouro.

E a garota abraça minha mãe com força, como se a tivesse conhecido a vida toda, como se ela fosse uma tia ou uma prima ou uma irmã.

E vejo o rosto de minha mãe por cima dos ombros da garotinha. Uma lágrima no olho.

E sei por que está chorando. Está chorando porque queria poder fazer mais. Porque se sente impotente. E tudo o que quer fazer é ajudar essa garotinha. Dar a ela uma vida melhor. Uma vida livre da violência.

E meu pai também vê minha mãe. E ele olha para mim.

Compartilhamos um momento.

Naquele momento, aquilo é tudo o que desejamos ser.

Minha mãe.

Tempo presente.

Ela está viva.

E meu pai está vivo.

E vou salvá-los.

Como se em resposta, um camundongo cinza atravessa correndo a cabeceira da cama.

Tudo bem, ratinho. Você também é parte do plano.

Parece que minha colega de quarto ainda está para chegar, então posso deitar na cama que eu quiser. Quero a cama ao lado da tinta de chumbo descascada, que provavelmente vai cair em minha boca enquanto estiver dormindo, ou a cama ao lado do aquecedor dilapidado, que inevitavelmente vai causar um incêndio às 3 horas da manhã?

Aquecedor, que seja.

# 12

Lembra quando contei que as garotas aqui se vestem superbem, e que possivelmente são as garotas mais bem-vestidas da Terra? Bem, isso é confirmado quando a vejo. Minha colega de quarto.

Lá está ela, emoldurada pelo batente da porta.

Há muita coisa que eu gostaria de dizer a esta garota. Mil coisas. Mas minha língua está travada pelo fato de ela vestir um casaco que imediatamente quero roubar de seu corpo.

Deixe-me descrevê-lo. Não vai fazer sentido. Na verdade, provavelmente soará mal. Mas não é. Oh, Pai do céu. Não. É. Nada. Feio.

O casaco é meio que de uma cor mostarda e bege, e é um trench coat, amarrado na cintura sobre a fileira dupla de botões. Mas não é só isso. Eis o que é... A parte de cima deste trench mostarda é como se um alienígena tivesse feito um colar-barra-gola de estranhas pedras alienígenas. Pêssego, azul-royal, azul-claras, pêssego-escuro, bege, pretas. Quadradas e triangulares.

Eu sei.

Parece medonho.

Mas acho que é um dos itens mais *cool* que já vi. Como se ela o tivesse comprado por nada de um camelô em algum lugar bizarramente longe, ou possivelmente fosse alta-costura e custasse um milhão de dólares.

Mas espere, tem mais!

O cabelo. Ok. O cabelo. É castanho-escuro no topo, quase preto. Então, a franja reta cai bem sobre a testa, e depois o cabelo escuro fica meio claro, e em seguida vira um tom pálido de bege. Não loiro, veja bem. Ah, não. Quase como cinza-claro. E a coisa toda acaba logo abaixo dos ombros.

WTF.

Acho que eu não tinha me dado conta de que dividiria o quarto com a jovem russa equivalente ao falecido David Bowie. Jesus Cristo. Baixo a cabeça para olhar minha camiseta "#prendamCheney" e desejo que tivesse me esforçado um pouco mais para escolher meu modelito.

Ela sorri.

— Esta camiseta. Eu gosta.

Então, ela gostou da minha camiseta "#prendamCheney". Ok. Ok, isso é bom. Começamos bem.

— Vejo que me colocar do lado tinta de chumbo.

Ela gesticula para a cama tóxica e vazia.

— Achei que talvez os russos, tipo, bebessem essas coisas no café da manhã ou algo assim.

— Você é garota engraçada. Eu mato você em último.

Silêncio.

E, então, ela explode numa gargalhada. Uma forte gargalhada que, de alguma maneira, me dá boas-vindas a este lugar.

— Aqui. — Ela mostra uma garrafa. — Vodca da Geórgia. A gente bebe.

Bem, amigos, quando você simplesmente aterrissa na Rússia e a dublê de corpo de Ziggy Stardust lhe diz *a gente bebe*, então a gente bebe.

É uma questão de etiqueta.

E minha mãe me criou para ser sempre educada.

# 13

Seu nome é Katerina, claro. Katerina Markova.

E é assim que bebemos.

Katerina me leva pelas ruas de Moscou, passando pela praça do Manege e pelo parque Gorky, e acabamos na frente de um prédio completamente desinteressante no final de um longo beco.

Ela aperta um número frio de metal em uma lista, e a porta cinza se abre. Agora vem um lance de degraus de concreto. No primeiro patamar, uma garota passa apressadamente por nós, com meias sete oitavos e um casaco caban branco, abotoado até o queixo, *avec* dragonas. Ela nos ignora, exceto por uma leve jogada do cabelo Chanel bordô. Sigo Katerina, alguns passos atrás, e ela alcança uma porta ligeiramente entreaberta.

Katerina olha rapidamente para mim, com um sorriso do gato de Alice, e abre a porta.

E agora sei por que abriu aquele sorriso.

Lá fora é cinza, sem graça e sem vida. Mas, abrindo a porta para este lugar, este lugar secreto, é como se abrisse a porta para um país das maravilhas de utopia hipster em Technicolor. Onde todos parecem ser de Echo Park ou Williamsburg ou Oberkampf. Você pode apontar uma câmera em qualquer direção e seria a capa de seu disco.

Há cigarros cor-de-rosa e dourado guardados em bolsas, topetes, suéteres enormes, suspensórios, bigodes irônicos, garotos magrelos que parecem ter acabado de cair da cama e agora... nós. Estou esperando uma recepção fria, porque aqui parece ser o epicentro da *elegância* no universo.

Mas não.

É o ambiente de Katerina.

Ela se senta na ponta de uma comprida mesa, iluminada por velas, com paredes verdes e arte por todo lado, arte de verdade, de pessoas reais, provavelmente sentadas aqui a esta mesa neste exato segundo. É uma mesa comprida mesmo, a propósito. Tem umas vinte pessoas nesta mesa. E há outras mesas também. Mas pelo visto, esta é A mesa. E, pela expressão no rosto de todo mundo, Katerina é a pessoa com quem estar.

Ok, posso lidar com isso. Acabei de pousar há quatro horas, mas isso é legal.

— Clube de jantar secreto — anuncia ela, como explicação. — Saiu da cortina de ferro. Precisamos fazer coisas legais em segredo.

Atrás dela, há um espelho gigante, com uma moldura dourada. Dou uma olhada em meu reflexo e espero que esteja à altura. Tenho certeza de que não estou.

— Agora vamos descobrir por que você está aqui — proclama ela.

Ela já está servindo meu terceiro *shot* de vodca, mas quem está contando? Estas pessoas bebem. Não estou brincando. Tipo BEBEM. PRA. CACETE.

Katerina SORRI, aquele sorriso de gato da Alice mais uma vez.

— Agora Paige América. Você espiã?

# 14

Tenho cerca de quinhentas coisas diferentes passando pela cabeça. Quinhentas possíveis respostas que poderia dar. É como um daqueles livros nos quais você escolhe a própria aventura: resposta A, vá para a página 137 e seja lançada em uma caverna escura e devorada por um urso. Resposta B, vire para a página 5 e se veja na mira de uma Kalashnikov. (Para você que não está por dentro dos jogos de espiões, uma Kalashnikov é como uma Uzi russa. Obrigada, treinamento paramilitar!)

Estou prestes a tentar dar uma resposta, quando um garoto muito magro, de cabelos escuros, vestindo um casaco com capuz, vem deslizando para o lado de Katerina. Ele tem olheiras fundas, mas há algo de atraente nele. Um jeito ao mesmo tempo sonolento e de cachorrinho. E inofensivo. E um pouco patético. Como um Bieber eslavo.

Ele nos encara.

Encaro de volta.

— Sim. Sei que está morrendo para eu me apresentar, então não vou fazê-la esperar mais.

Estou esperando que Katerina mande este cara cair fora, mas ela continua o olhando placidamente. Realmente não faço ideia do porquê.

— Você gosta clube? Gosta hip-hop? Quer beatbox?

Há um silêncio extremamente constrangedor enquanto fito minha vodca, e Katerina continua sem dizer nada.

— Acho que ele está perguntando a *você*, Paige América.

— Ahhh! Você americana! Por isso tão metida e mimada!

Olho para Katerina. Meu olhar está todo *Esse cara tá falando sério?*

— Geralmente, em Moscou, se alguém, homem, aproxima e começa a falar com você... você responder — tenta explicar Katerina.

— Sério? Mas nem o conheço.

— É só cultura diferente.

— E se ele for um estuprador?

Ela gesticula na direção do sujeito.

— Olha para ele! — Ela ri. — Ele não ser estuprador.

— Alô? Estou bem aqui. Podem ver? — Ele aponta para si mesmo.

Eu me inclino para Katerina.

— Não entendo isto. Devo falar com todo e qualquer cara que vier falar comigo? E, tipo, ser gentil?

Katerina sorri.

— Sim.

— *Qualquer* um? Tipo, até aqueles com, tipo, membros a mais ou sei lá o quê?

— Sim.

Suspiro.

— Ok. Vou falar com você agora. Eu não estava tentando ser rude nem nada. É só que... nos Estados Unidos não falamos à toa com um cara qualquer. Por causa de *serial killers*. No entanto, para responder à pergunta... Eu gosto de clube. Gosto de hip-hop. Não sei bem quanto à beatbox... mas agradeço o esforço.

— Adoro Young Jeezy! Ele também americano!

— Ok, sim. Mas não sou, tipo, *ele* nem nada.

— Você americana como ele. Ele é o maior!

Katerina me olha com um ar de quem está se divertindo.

— Horrível para você?

— O quê?

— Falar com estranho?

— Se é para falar a verdade, sim. Fico desconfortável. Não é meu ponto forte. Até mesmo em casa. Mas como você está aqui. E estamos em um duplamente secreto clube de jantar. Vou fazer um esforço.

— Sou Uri — diz o garoto. — Uri Usoyan. E você?

— Katerina.

Ele assente.

— Prazer em conhecer você, Katerina. E você? Qual nome da garota americana?

— Paige.

— Paige. Tipo página de livro?

— Sim. Tipo página de livro.

— Talvez um dia Uri lê você. — Ele sorri.

*Eca.*

— Realmente não sei exatamente o que isso significa, mas estou tentando não ser a "inacessível e mimada garota americana", então agora *eu* vou sorrir. E falei isso tudo em voz alta.

Katerina ri.

— Aqui. Mais vodca.

Ela me serve o que deve ser meu quinto *shot* e me dá um tapinha nas costas.

— Não preocupe. Não deixo você na rua.

Uri se volta para mim.

— Gostaria que conhecesse meu amigo, alguém muito próximo de mim. É... meu pênis.

Cuspo meu drinque até o outro lado da sala.

— O quê? Ah. Meu. Deus.

Katerina solta uma gargalhada.

Uri dá uma piscadela.

— É piada. Entende, inofensivo? Te encontro depois, americana nerd boba. Eu sempre encontra garota bonitinha.

Ele sai desfilando.

— Gostou dele?

— Hum. Eu meio que não sei o que acabou de acontecer.

— Mas gostou?

— Ele não é realmente meu tipo. Meio que bajulador, na verdade...

— O que é bajulador?

— Orgulhoso de si. E esperto.

— Ah! Bem, isto é porque ele filho do gângster mais notório de Moscou.

— Está falando sério?

— Viu? Falei para ter mais cuidado com quem você falar.

Ela pisca para mim, e faço o que só pode ser descrito como um abanar de mão bêbada de brincadeira.

E pairo ali por um momento, em seguida desabo, como um amontoado sobre a mesa.

Vodca idiota.

# 15

Preciso contar uma coisa a você.

Agora, antes que eu o faça, só me deixe explicar... No momento, não tenho noção de que nada disto está acontecendo. Só descubro depois.

Mas vou falar do aqui e agora, porque é quando está realmente acontecendo. E vou contar isto para você perceber o quanto estou completamente ferrada agora e o quanto estou abismada. Porque é de matar.

Agora o que estou compartilhando com você é mais uma filmagem. Na verdade, vou compartilhar um monte delas. Então, prepare-se. Não vou revelar onde as consegui, nem quando, porque isso estragaria toda a brincadeira, não estragaria?

Apenas assista.

Observe.

Pode rir de mim.

De verdade.

Porque, se eu soubesse que qualquer uma dessas coisas estava acontecendo, entraria no primeiro avião de volta à Filadélfia.

Então, sem mais confusão, venha comigo agora... para dentro deste vídeo!

Eu sei, eu sei. Apenas me siga e não faça barulho demais. Não quero que eles escutem você.

O que estamos vendo agora, você e eu, é um restaurante muito, e quero dizer *muito* chique de Moscou. É, tipo, onde Vladimir Putin almoça, quando não está sem camisa pescando, sem camisa invadindo países vizinhos ou sem camisa posando para calendários. Sim, há um calendário sexy de Putin. De janeiro até dezembro, peitos masculinos de sobra, muitas atividades ao ar livre. Estou louca para pôr as mãos em um desde que ouvi falar sobre ele. Quero pendurá-lo no quarto. Você sabe, por ironia. Mas ouça só essa. Eles esgotaram.

Enfim, de volta ao vídeo. Estamos empoleirados em algum lugar no teto. Imagino que estejamos vendo isso de um lustre. Quem vai saber como é a aparência da câmera? Seja lá como for, deve ser pequena, porque basicamente estamos bem acima da mesa.

Se não houvesse um homem bem grande e careca, com óculos de lentes ligeiramente coloridas, sentado a esta mesa, você poderia achar que voltamos no tempo. Para o período barroco. Cada centímetro do teto, cada centímetro das paredes, ao redor das portas, das janelas, da lareira é coberto de branco, azul-claro, dourado, ou de um tipo de mural de inspiração asiática. Basicamente parece que, a qualquer momento, Maria Antonieta vai desfilar pela sala, proclamando: "Que comam brioche!"

Não vou mentir para você. Queria poder morar nesta sala. É uma loucura e exageradamente arrumada e ornamentada e dourada, e tudo o que jamais achei que gostaria, porque me orgulho de *não* ser

**145**

uma consumidora fetichista — mas é estonteante. Sim, quero morar aqui. Com Gael García Bernal. Meu namorado fictício.

Mas, neste instante, a pessoa que mora aqui, ou que está jantando aqui, é um homem de óculos bastante imponente, não-muito-atraente e com problemas capilares, que vou apresentar a você. Não o olhe nos olhos. Brincadeira. Estamos vendo uma fita, lembra? Ele não pode te ver.

Este homem, sentado abaixo de nós sem saber que o estamos espionando, é ninguém menos que Dimitri Kolya Usoyan. Basicamente o John Gotti de Moscou.

Se você não sabe quem é John Gotti, vou lhe dar uma chance de procurar no Google.

Pronto.

Já voltou?

Ok, ótimo. Tente me acompanhar aqui.

Então, lembra daquele cara meio-que-grosseiro que veio até mim e começou a falar ao acaso no clube de jantar secreto ontem à noite? Aquele a quem eu devia responder, porque acho que as garotas aqui precisam falar com cada Tom, Dick e Vlad que aparecem do nada? Bem, aquele garoto, Uri, é filho deste cara. E este cara, Dimitri, o que estamos olhando, parece ser capaz de lutar contra um urso. E vencer.

Agora assista comigo por um segundo.

Ao lado dele está sentada uma espécie de princesa do gelo, com cabelo louro quase branco, completamente desinteressada em tudo ao redor, que repetidas vezes checou o batom em uma faca durante a última hora. Por motivos óbvios, vamos chamá-la de Elsa. E, do outro lado de Dimitri, há um homem de blazer escuro. A julgar pelas mãos inquietas, é algum tipo de lacaio. Vamos apenas chamá-lo de Subordinado.

— Por que tanta espera?

— A FSB está por toda parte. Oleg é como mamãe para ele. Não vou deixá-lo sair de vista. — Subordinado parece meio nervoso.

— E quanto ao barulho?

— Sim, há conversas. Não sabemos. Estamos tentando descobrir.

— Você tem bebê de um bilhão de dólares simplesmente sentado aqui bebendo seu café com leite e não faz nada? — Dimitri sorri para Subordinado. Não é um sorriso gentil. É mais um sorriso que significa *matar-você*.

— Todo mundo sabe que ele é como bebê de um bilhão de dólares. É por isso que Oleg ser homem para seu trabalho. Ele deve ter vinte agentes FSB, por todo lado. É como a guarda pessoal de Putin.

— Não importa. Vamos dar um jeito. Enquanto isso, encontre mais licitantes para mim.

— Como encontrar licitantes se não sabemos pelo que estão concorrendo?

— Você está tentando dizer que hacker da liberdade, com nível um de autorização, não tem informação valiosa na manga? Deve ter. Ou CIA mata ele agora. Tentando dizer que América feliz de ele estar por aí? Fazendo parecer uma vergonha pega de calças arriadas?

Subordinado balança a cabeça.

— Americanos... muito travados em relação a nudez.

— Arranje mais licitantes. Ou pego Raynes eu mesmo.

E com isso, o careca atarracado e malvado se levanta com sua blasé rainha Elsa, e os dois desfilam para fora desta insanidade palaciana, presumivelmente deixando Subordinado com a conta.

Então, aí está. Agora você sabe. A RAITH não é a única interessada em Raynes.

Recapitulando: Sean Raynes é uma "pessoa de interesse" para nós, para os russos e para este cara, Dimitri, também conhecido como chefão de Moscou, que não se qualifica como governo russo, e sim um — como chamar? — *freelancer*.

A pergunta é... Quanto tempo Raynes pode continuar sendo uma "pessoa de interesse" antes de, inevitavelmente, se tornar uma "pessoa enterrada a sete palmos"?

E por que ainda não foi morto?

Coisas a se pensar. Mas vamos voltar a nossa programação normal se me permite?

# 16

Parabéns.

Você chegou ao fim do primeiro dia de minha missão.

A Operação *Faça Raynes Me Notar* começa esta manhã. Olhe, sem ofensas, mas preciso que você fique nos bastidores para esta parte. Senão, pode estragar tudo.

Você ficará feliz em saber que pesquisei um pouco sobre Sean Raynes e descobri que, na verdade, temos uma coisa em comum.

Ambos amamos Elliott Smith.

Se você não sabe quem é Elliott Smith, deixe-me esclarecer. Imagine as mais belas, porém tristes, letras de música, com a mais bela, porém triste, guitarra, cantada pela pessoa mais conturbada da história da humanidade. Então, imagine que esta conturbada, bela e triste pessoa se mata, e todas as músicas que ela ainda comporia pelo resto da vida se foram para sempre. Mas essa pessoa nos deixou a música que fez antes.

Esse é Elliott Smith.

Não se preocupe. Quando ouvi-lo, vai entender.

Agora acontece que Sean Raynes, *o* Sean Raynes, a quem todo mundo e seus cachorros estão espionando, tramando contra ou mandando nudes para (esta última parte é verdade, a propósito; ele precisou tuitar a fim de que as pessoas parassem de mandar nudes.) também, como essa que vos fala, tem um amor pelo profundo tapa na cara emo que é Elliott Smith.

Então, meu plano de ataque é o seguinte:

Primeiro, vou usar minha camiseta de Elliott Smith, que não diz "Elliott Smith", porque isso é escancarado e comercial demais, e sim "SAY YES". Este é o nome de uma de suas canções. Apenas isso. Apenas "SAY YES" em letras cursivas e perturbadoras contra um fundo preto.

Segundo, vou me aventurar até o Café Treplev, que é um restaurante escondido, todo de madeira e cheio de livros, que parece mais a biblioteca de alguém que um lugar de comércio. Parece, na verdade, a biblioteca que eu gostaria de ter um dia em minha imaginária mansão à beira de um penhasco, com Gael. Ah, você não tem uma mansão imaginária em um penhasco? Tudo bem. Pode visitar a minha. Mas não roube os sabonetinhos.

Madden fez o gentil favor de me equipar com todas as rotinas de Raynes, e sua parada mais frequente é nesta preciosa joia, porque Raynes é *cool* e também está obviamente tentando ser discreto, com tanta gente tentando encontrá-lo, sacudi-lo, matá-lo e mandar a ele os anteriormente citados nudes.

Se está se perguntando onde estou neste cantinho, estou de fato em um canto. Um canto de livros. Estou usando a camiseta "SAY YES" e fingindo parecer calma e *cool*, controlada e, definitivamente, não *stalkeando* ninguém.

Exceto que... lá está ele.

Oh, bom Deus.

Realmente não esperava que ele aparecesse na próxima hora. Acho que a pesquisa de Madden está meio desatualizada.

Lá está ele, Sean Raynes, em toda sua glória de-óculos, cabelos--negros, magro-mas-sexy-pra-KCT. Seus cabelos estão meio desgrenhados, e, provavelmente, não faz a barba há uns dois dias, mas isso só resulta em um efeito ainda melhor.

É possível que eu esteja com joaninhas vivas no estômago.

Não estou brincando. Elas estão aqui dentro, e acho que estão acasalando.

O mais polêmico inimigo número um dos Estados Unidos vai até o balcão e pede um *espresso*.

Atrás dele, assim como a seu redor, há senhores de aparência muito calma, do tipo que poderiam, óbvio, matar você, considerando que todo mundo neste café tem grandes chances de ser um agente da FSB. Não vejo Oleg. Acho que deve estar afagando um gato maniacamente em algum lugar.

Agora o inimigo número um da América está esperando seu *espresso*.

E agora...

O inimigo número um da América está olhando para minha camiseta.

Eu finjo, sem ficar vermelha como um pimentão, ainda ler meu livro, que é *Ruído branco*, de Don DeLillo. (Um livro excelente, que recomendo a todos os interessados e que escolhi por parecer intelectual o bastante para implicar inteligência, mas não pretensioso demais para parecer forçado. Tipo, se eu estivesse lendo *Guerra e paz*... muito óbvio.)

Posso perceber, usando meus sentidos de aranha, que ele agora investiga a garota usando a camiseta "SAY YES". Também conhecida como eu.

Pálida. Confere. Cabelo castanho-claro e sem brilho. Confere. Lendo um livro *cool*, intelectual, mas não pretensioso demais em inglês. Confere.

E este momento mágico poderia durar para sempre. Na verdade, queria que durasse. Tem *alguma coisa* em ser sacada pela figura mais polêmica da América que é definitiva e inesperadamente sedutora.

Exceto que agora algum pateta pula na frente de Raynes e tira uma foto com seu iPhone. E agora aquele pateta é agarrado pelo braço e atirado sobre uma mesa, e seu telefone é esmigalhado por um homem entusiasmado, mas de aparência diabólica, que sem sombra de dúvida é Oleg Zamiatin.

Ah, Oleg. Que legal da sua parte se juntar a nós! Primeira vez que o encontro, mas sou sua fã há muito tempo.

O pateta fica ali deitado, se recuperando no assoalho de madeira, enquanto Sean Raynes, que agora chamarei de *Mais Sexy Inimigo Número Um da América*, é apressado para fora por todas as aparentemente normais pessoas no café, que eram agentes da FSB o tempo todo. Uau. Há muitos. Até um dos caixas!

Raynes é praticamente carregado para fora sem tocar com os pés no chão, mas logo antes de passar pela porta, e digo milímetros antes...

Ele. Olha. Para. Trás.

Para mim.

# 17

Quando volto a meu quarto no dormitório, lá está ele, me olhando do alto. O calendário de Vladimir Putin. Rá! Acho que Katerina arranjou uma cópia para mim depois de meu discurso bêbado no clube secreto sobre como eu precisava ter um pela ironia.

Essa garota é das minhas.

Você precisa ver este calendário.

Julho: Vladimir Putin pescando sem camisa. Março: Vladimir Putin cheirando uma flor. Novembro: Vladimir Putin segurando um cachorrinho. Não estou brincando. *Segurando um cachorrinho!*

Rio sozinha. Katerina definitivamente me entende. Talvez ela vá ser minha BFF até depois de eu voltar aos Estados Unidos.

Espere. Tenho uma nova amiga?

Ou, para falar a verdade, *uma* amiga?

Há um par de fones de ouvido vermelhos da Beat em minha mala. Você sabe, os fones do Dr. Dre que todo mundo é louco para ter. E eu também sou louca por eles. O único problema é que... eu mesma não tenho fone de ouvido vermelho da Beats. Então, isso é interessante.

**153**

Pego o fone e o inspeciono.

Embaixo, há um bilhete: *Para você, Bryn Mawr.*

Humm.

Eu os coloco e imediatamente escuto Madden.

*Vá lá para fora. Agora.*

Ah. Saquei. Dispositivo de comunicação disfarçado. Esperto.

Não estou longe do rio Moscou, então, acho que poderia simplesmente fingir me exercitar na margem. Enquanto escuto meu patrão espião.

— O que sabe sobre sua colega de quarto? Simplesmente fale. Posso escutar você.

— Ela é legal. Bonita. Me deu um calendário de Vladimir Putin para eu olhar enquanto me masturbo. — Juro que posso *ouvir* Madden corando.

— Acha que ela é FSB?

— Não sei. Certamente *parece* descolada o suficiente para ser uma espiã.

— E esse tal de Uri? O cara do clube de jantar secreto.

— Está falando sério? Como sabe sobre Uri?

— Ah, esqueci de avisar que há uma escuta em sua bolsa? Além de uma câmera envolvida. A propósito, você não sabe beber, Bryn Mawr. Temos uma coisa que vai ajudá-la. Vou arranjar para você.

— Obrigada. Viu Raynes esta manhã então?

— Sim, vimos. Bom trabalho. Espere dois dias antes de voltar lá. Não quer parecer desesperada.

— Er, obrigada, *miga*, por seu conselho *de irmã*. A propósito, estou amando meu alojamento de merda.

— Pense nele como uma experiência autêntica. Olhe, fique de olho naquele Uri. Aproxime-se. Se encaixe. Não que você consiga se encaixar em algum lugar.

— Ai! Isso significa que você não vai me levar para casa e me apresentar a sua mãe?

— Paige, pode ficar surpresa em ouvir isso, mas na verdade minha mãe adoraria você.

— Sério?

— Sim. Ela adora causas perdidas. Boa noite.

E *clique*, lá se vai ele, Madden e minha conexão com os Estados Unidos. Pode soar patético, mas posso sentir falta já em alguns dias. Isso que é mais engraçado. Eu me considero tão cosmopolita, mas, então, toda vez que viajo para algum lugar, começo a ter saudades de casa depois de uns quatro dias. Totalmente patético.

Acho que terei que encontrar algum tipo de imitação de lanchonete americana e pedir um queijo quente com batatas fritas. Mas ainda não. Vou esperar. Devia esperar pelo menos uma semana, ou sequer conseguirei me respeitar na manhã seguinte.

O sol está começando a se pôr sobre o rio Moscou, nuvens cor-de--rosa e azuis. Um barco branco de cruzeiro passa sob a ponte. Preciso admitir que não estava preparada para a beleza desta cidade. Veneza? Sim. Quioto? Claro. Mas Moscou? Honestamente, quem diria?

Não estou nem na metade do caminho até o campus quando vejo Katerina.

— Ah, estar correndo. Saudável, americana.

— Honestamente, é injusto eu estar correndo e você ser a tão magra aqui, mas estou tentando não focar nisso no momento.

Ela sorri.

— Gostar do calendário?

— Eu amar calendário — respondo. É possível que coraçõezinhos de verdade estejam saindo de meus olhos quando o digo.

— Temos convite hoje à noite, sim?

Caminhamos admirando o lago, de volta ao dormitório. À volta, há uma correria de alunos, aquela excitação que vem com o pôr do sol. O que vai rolar? O que está acontecendo esta noite?

— Temos convite? Para onde temos convite?

— Para clube. Do seu namorado, Uri, o garoto gângster.

— Devemos ir?

Katerina dá de ombros.

Madden acabou de me pedir para me encaixar.

— Quer saber, vamos. Vamos lá sim.

— Tem certeza? O pai realmente não ser brincadeira. Isto é Moscou, não Disneylândia.

— Katerina, honestamente, por que acha que ele quer tanto ser nosso amigo?

— A resposta está em sua calça.

Mais uma vez, me encontro dando um tapinha de brincadeira em minha nova amiga.

— Mas é sério, Paige América... Esses lugares, especialmente de gângsteres, não ser moleza. E todo mundo sabe que americanos ser como bebezinhos sem noção de nada que estar acontecendo.

— Sim, eu sou bebezinha. Me leve para clube. Me dá garrafa.

Katerina sorri.

— Acho que você ser bebezinha aventureira.

Dou um sorrisinho.

— *Da.*

# 18

O que se faz quando a Guerra Fria terminou, de certo modo, e você acaba encalhada com um monte de bunkers por todos os lados?

Bem, se você for russo, acho que transforma um desses bunkers em uma boate. Que é onde estamos agora. E, a propósito, eles realmente investiram a fundo nesse lance de propaganda política meio Guerra Fria, meio Stalin. Tudo aqui é naquela fonte russa-Stalin, e há estátuas de Lenin em todo lugar. Mas é ironia. Eu acho.

Há uma parte nos fundos, com direito ao próprio bar de vodcas, onde Uri está. Eu teria achado que haveria mais gente aqui. VIPs são tão solitários.

Katerina e eu mal passamos da porta, e ele já se levanta.

— Ooooora. Garota americana. Vai falar comigo agora?

— Bem, agora que fui devidamente apresentada, acho que tudo bem.

— Ah, tão educados, vocês americanos, enquanto ocupados roubando os recursos da mundo.

Não posso dizer que discordo.

— Mas vocês fazer com sorriso no rosto, certo?

Ele sorri e gesticula para que Katerina e eu nos sentemos.

— Por favor, Uri, não chateie nossa nova amiga com seus ideias sobre política externa americana. Ela ser uma das legais. Continue com rap.

Que gentil da parte de Katerina me defender. Não sabia que eu era uma das legais.

— Então, me conta, Paige, por que você vir para Rússia?

— Para me tornar lésbica.

Uri cospe o drinque.

— Que engraçado! Você fazer piadas. Eu fazer rimas.

— Como é?

De repente, Uri começa a fazer beatbox com seriedade.

— Yo, não vim de Compton, vim de Kremlin, vem e pula na minha Bentley, pega um carona com o chefão.

Uri me olha cheio de expectativa.

Realmente é *sempre* desconfortável quando qualquer pessoa começa a tentar cantar rap na sua frente. Especialmente se esse alguém é branco.

— Preciso dar o braço a torcer. Não é fácil rimar com *Kremlin*. Tudo em que conseguiria pensar, honestamente, seria *gremlin*.

— Gostar desta boate? — Ele gesticula ao redor para Katerina e eu nos admirarmos. — É como um sonho dos minhas calças.

— Acho que faltou alguma coisa nessa tradução.

Katerina sorri e pede uma vodca. Ou melhor, uma *garrafa* de vodca.

A garrafa, naturalmente, leva a outras garrafas e outros brindes e mais garrafas e mais brindes... e, antes que eu me dê conta, o teto deste bunker-barra-bar está girando em círculos da Guerra Fria.

Tudo parte do trabalho.

Felizmente, nada digno de nota acontece.

Exceto. Bem, há uma coisinha.

Mais ou menos às duas da manhã, o lugar é tomado por tiros.

Ah, é. Isso.

# 19

Você nunca sabe realmente o que fará quando um lugar explode em uma chuva de balas até acontecer.

Eu gostaria de achar que seria especialmente corajosa, mas o que acontece, neste caso, é que mergulho para baixo de uma mesa, apenas para ver Katerina jogar Uri atrás de si e basicamente começar a atirar de volta.

Então, Katerina anda armada...

Bom saber.

Eu, por outro lado, não estou armada. Eu, por outro lado, estou sendo levada para fora do lugar pelos seguranças de Uri, com ele, Katerina e sua pistola.

O mais engraçado de abrir um bar em um bunker é que, na verdade, por todo lado há milhões de corredorezinhos secretos nos quais se esconder, para os quais correr, ou para fugir em um esplendor de glória. O supersecreto corredor no qual estamos é pintado de bordô, e há uma silhueta do Kremlin com um machado e uma foice embaixo. Mas não estou aqui para admirar arte totalitária.

Os seguranças de Uri parecem cobrir esta brigada, conforme nós três corremos por um aparentemente interminável labirinto de concreto, com balas zunindo ao fundo. *Bang. Bang. Fiu. Bang.*

Já mencionei que odeio armas?

Parece que estamos serpenteando e serpenteando para cada vez mais longe, por este interminável vestígio de fantasia da Guerra Fria, até Katerina finalmente chutar uma porta e um jato de ar gelado passar por nós. O frio de Moscou é como um tapa na cara, e, de repente, somos levados para fora.

Tudo estaria perfeito, exceto que dois homens extremamente louros e musculosos aparecem do nada. É possível que tenham surgido do beco ou de uma convenção de energéticos Monster Energy. Não sei dizer.

Eles ficam parados ali por um segundo.

E, então, um deles chuta a arma da mão de Katerina.

Bem, eu estava tentando preservar meu disfarce, mas, no momento, acho que, possível e potencialmente, devo estar em verdadeiro perigo com minha nova *amigona* e futuro — jamais-futuro-astro-do-rap — namorado.

O que fazer, o que fazer...?

— Você! Venha.

O louro sem pescoço assente para Uri. Não é bem um assentir, entretanto. Você precisa de pescoço para assentir. Tente só. Sem pescoço é mais como um espasmo.

Katerina e eu ficamos paradas por um instante, no que, posso apenas presumir, são nossos respectivos monólogos interiores.

E então... uso o truque mais velho do mundo, no qual seriamente não consigo acreditar que eles caem, mas, vamos encarar a verdade, também não é com Albert Einstein e Stephen Hawking que estamos lidando aqui.

Olho para trás deles, aponto e grito:

— Puta que pariu!

Quando se viram para olhar, o que fazem porque juntos têm o QI de um palito, recorro à arte do muay thai.

Além disso, caso esteja anotando, começo a assistir a tudo isto de fora do corpo mais uma vez. Esses momentos que valem tudo realmente despertam a necessidade de dissociação. Mas tudo bem. Se eu levar uma surra aqui, a melhor parte é que não será realmente em mim. Será naquela outra eu. Onde por acaso estou dentro.

A coisa do muay thai é: ele ficou conhecido como "arte das oito armas". O que isso significa é... até coisas duras, como cotovelos, joelhos e canelas são envolvidos. Como disciplina, é basicamente algo de esmagar os ossos, e não é para os fracos de estômago. É o tipo de coisa ao qual você só recorre em um beco de Moscou. E esses dois caras parecem capazes de levantar um caminhão. Talvez dois. Então, veja bem, não tenho escolha.

Katerina não hesita nem por um segundo. Quero dizer, como um maldito lince, ela já está se movendo, e nós duas estamos basicamente lutando em dupla contra esses 130 quilos de músculos idiotas durante os dois minutos seguintes. Vou poupar você dos detalhes chatos, exceto por uma exemplar voadora e soco em salto do qual meu *dojo* mestre teria orgulho, e que manda o cabeça de vento número dois para o concreto. Fato curioso: o cabeça de vento de Katerina já estava no chão. Se um dia *me* achei boa, parece que Katerina é ainda melhor.

A destruidora em mim saúda a destruidora em Katerina. Porque, se sou faixa preta, ela é faixa Estrela da Morte.

Aposto que você está se perguntando o que Uri está fazendo no momento. Sei que eu estou.

Bem, basicamente está parado ali, parecendo um pouco Dustin Hoffman em *Rain Man*. Está assistindo. De um jeito meio idiota. Mudo. Ombros caídos. Cabeça inclinada de lado.

Praticamente espero que ele comece a recitar equações extremamente complexas antes de pedir gelatina e de assistir a Judge Wapner.

A parte boa destes caras serem do tamanho do monte Everest é que são lentos como lesmas. Sério. Eles estão, tipo, no fuso horário de Alabama.

Não me diga que nunca pediu informações no Alabama. Ah, não? Ok, permita-me explicar. Se você um dia já pediu informações no Alabama... você ainda estaria escutando até hoje. E amanhã. E depois. E durante os próximos cinco anos.

Mas Katerina está acelerada como um raio. E eu, pelo menos, faço minha parte.

Agora finalmente, no final desta romântica dança, louras cabeças de vento um e dois foram aniquiladas. Nenhum dos dois exatamente se olha, porque, acho, estão ambos bem envergonhados por terem levado uma surra tão fenomenal de uma garota. De duas garotas.

Eu diria que a sensação é satisfatória, mas, lembre-se, sou uma pacifista.

— Vocês *As Panteras*?

Uri sorri. Katerina o arrasta para fora do beco, e eu estou seguindo, olhando para trás só para ter certeza de que as cabeças de vento continuam coladas ao chão.

Andamos cerca de dois quarteirões até Katerina chamar um táxi e nos atirar lá dentro.

— Aonde você jamais iria?

A pergunta é para Uri.

— O quê?

— Para qual lugar você nunca vai?

— Igreja?

— Ok. Vamos para a igreja.

# 20

A Igreja São Clemente, se fosse em qualquer outro lugar da Terra, exceto talvez Roma, seria o ponto turístico para o qual todos na cidade confluiriam de lugares longínquos só a fim de ver. Mas, como é em Moscou, e todo mundo é obcecado pela Catedral de São Basílio na praça Vermelha, ela acaba não recebendo o crédito que merece. Sei que conhece São Basílio — é a vermelha com todas aquelas torres coloridas em forma de suspiro, que todo mundo sempre põe nos filmes para mostrar que a cena é em Moscou. Como o Empire State em Nova York. Ou a Torre Eiffel em Paris. São Basílio é a cena definidora para Moscou. Aqui. Agora você está em Moscou. Viu? Tem aquela igreja vermelha com os suspiros na Praça Vermelha!

Mas a São Clemente não é de se desprezar. Não que você vá desprezar uma igreja. Você é o que, satanista?

A coisa toda é vermelha, quase alaranjada. Com colunas brancas e domos por todo lado. E domos como cebolas azuis, chamados cúpulas. O azul é para Maria. E então, no meio, uma cúpula de ouro é para Deus. Tudo aquilo vem da bizantina tradição russa ortodoxa, influenciada pela Pérsia, segundo alguns. O que significa que a sensação é de que todo mundo vai até lá e enche o lugar de coisas e mais coisas até não ser apenas lindo, mas também meio insano. E eu amei. Há alguma coisa tão feliz ali. Feliz e, no entanto, elegante e, no entanto, chocante.

Neste instante, nosso pequeno esquadrão está sentado em um banco da praça da São Clemente. Uri, Katerina e eu. Estamos todos sentindo uma adrenalina meio que pós-montanha-russa. Ou... já fez bungee jumping? Depois de pular, você fica rindo compulsivamente e sente como se, de alguma maneira, tivesse enganado a morte. É. É assim que estamos nos sentindo agora.

Sou a primeira a falar.

— Hum... alguém sabe o que acabou de acontecer?

Mas Katerina muda de assunto.

— Como aprendeu a lutar assim, Paige América?

Dou de ombros e tento rir para disfarçar.

— Minha mãe. Ela era meio paranoica e queria que eu fosse capaz de me defender.

— Defender do que, bomba nuclear? — zomba Uri.

Katerina mantém os olhos fixos em mim, realmente não acreditando.

— Como estamos brincando de Vinte Perguntas, qual é a da arma?

— O que quer dizer? — pergunta Katerina.

— Você sabe. Esse objeto mortal que está segurando com uma das mãos.

Ela dá de ombros.

— Precisar me defender.

— Sério? Aqui, deixe-me ver isso.

Katerina me entrega a arma. É uma Glock. O tipo que tiras usam. Nada original.

— Ah, legal.

É o que digo antes de descer os degraus e atirar a arma no bueiro. Cai, cai, cai... *plop*. Para nunca mais ser vista.

— Mas que porra foi essa?! — Katerina não consegue acreditar no que acabei de fazer. Não a culpo. *Eu* não consigo acreditar no que acabei de fazer.

— Armas são para machões perdedores que não sabem lutar. E você não precisa de uma. Evidentemente.

Uri e Katerina ficam pensando naquilo. Mas posso perceber que estão ambos meio perplexos.

— Nos Estados Unidos, noventa pessoas são mortas por armas de fogo todo DIA.

Katerina dá de ombros. Ou porque não entendeu, ou porque não liga para a importância de minha mais recente declaração. Ou, você sabe, ela não gostava tanto daquela arma. O que é interessante. Essas coisas são caras. Talvez tenha sido um presente...? Se fosse sua propriedade, ela estaria furiosamente irritada.

— E uma pergunta complementar se me permite: quando exatamente ia me contar que você é Jackie Chan?

Katerina abre aquele mesmo sorriso de quem sabe tudo.

— Quando você me contasse que você ser, qual o nome mesmo? Chuck Norris. Gosto de guardar segredos. Acho melhor para surpresa.

— Bem, também acho melhor para surpresas. Mas me faz pensar. Talvez eu devesse perguntar se *você* é uma espiã.

— Para quem? Putin? — Katerina cospe na calçada.

— Sua expectoração me faz crer que não é uma fã.

Katerina olha ao redor, as paredes têm ouvidos.

— *Claro que sou uma fã!* — exclama ela, meio alto demais. — Por que achar que consegui calendário?

Ok, estamos chegando a algum lugar. Katerina é uma durona super sexy que não gosta realmente de Putin, mas que também anda armada. Confere.

A igreja brilha à frente, acesa contra o céu de Moscou. Uri recebe uma mensagem.

— Ah! — Ele digita uma resposta.

— Então, alguém quer me explicar o que acaba de acontecer lá atrás?

Uri levanta a cabeça.

— Sim, Paige América que joga armas em esgotos sem perguntar. Eu contar.

Katerina pega uma garrafinha de vodca do bolso e se prepara.

— De novo com a vodca! Eles dão isso a vocês quando nascem?

Katerina abre um sorriso de lado.

— Ok, Paige. — Uri se aproxima e sussurra: — Meu pai é homem importante. E... às vezes homem importante ter inimigos. E às vezes inimigos querem ser homem importante também.

— Soa totalmente crível.

Uri abre um sorriso.

— Rá! Paige, você não estar mais no Kansas, estar?

— Nunca estive no Kansas.

— Mas, sabe, eles ter que me pegar também. Não só papai. Eles ter que pegar pai e filho. Os dois. Entendeu? Senão não poder ser importantes.

— Então, está me dizendo que na minha primeira semana em Moscou me enfiei no meio de uma tomada de poder hostil e fracassada do maior chefão de Moscou?

— Correto.

— Posso tuitar isso?

— Não! — declaram Katerina e Uri ao mesmo tempo, enfaticamente.

— Relaxem. Eu não ia. — Ficamos sentados ali, no banco, admirando a beleza dourada da igreja. — Conte-me, Uri. Estou falando sério. Como é ser filho do infame vilão?

— Eu não gostar. Quero ir para América. Astro do rap.

Katerina e eu nos entreolhamos. Nem ela tem coragem de contar a ele que seus sonhos de ser um artista do rap podem não se concretizar.

— E você, Katerina? Seu pai também é um notório chefão?

— Não, meu pai é babaca morto que batia na gente.

Opa.

— Sinto muito. Quero dizer, isso é horrível.

— Quer saber por que eu ser faixa preta? Aí está. Não se preocupe. Não precisamos conversar. Somos russos. Não falamos de sentimentos o tempo todo, e ninguém tem psicólogo.

— Acho que todos vocês têm psicólogo. E acho que o nome do psicólogo é Vodca.

Isso arranca um sorriso dos dois.

Katerina se vira para mim.

— E você, Paige América? Seus pais moram em uma casa no subúrbio com cerquinha branca e cachorro peludo?

— Não. Meus pais foram sequestrados na Síria e podem estar mortos neste instante.

Isso cai com um baque.

Silêncio.

Ficamos os três olhando para o nada. Posso sentir Katerina e Uri se entreolhando. Acho que realmente me julgavam uma garota do subúrbio, com pôsteres do Bieber na parede e algumas bonecas American Girl de valor sentimental no armário.

De alguma forma, dizer aquilo em voz alta, sobre meus pais, torna tudo pior. Talvez seja melhor afogar sentimentos em um tsunami de álcool. Antes que eu me dê conta, meus olhos começam a lacrimejar quando observo o céu, os pináculos azuis e dourados com cruzes no alto.

Katerina e Uri, um de cada lado, pousam os braços em minhas costas. Fico sentada ali por um tempo, um sanduíche com meus dois anfitriões em Moscou, e uma lágrima me escorre pelo rosto. Ficamos deste jeito por um tempo.

Não é falso. Nem forçado. Nem claustrofóbico do jeito que normalmente me sinto quando sou confrontada com emoções.

Isto é provavelmente o máximo que já senti em um bom tempo. Talvez em anos.

É melhor parar.

Uri me entrega a garrafa, e ironizo:

— Chorando e bebendo vodca. Sou russa agora?

— Não. Você ainda é peso leve — argumenta Katerina.

Uri me cutuca com o cotovelo.

— Mas não se preocupe, Paige de livro. Logo, logo vamos fazer de você peso pesado.

# 21

Parabéns!

Você chegou à Operação Fazer Raynes se Apaixonar por Mim, Parte Dois: Bugalu Elétrico.

Para deixar registrado, gostaria de admitir que minha perseguição não está funcionando muito bem. Voltei ao Café Treplev umas cinco vezes, e, em nenhuma, Sean Raynes apareceu.

Caso esteja avaliando se Madden parece impaciente comigo, a resposta é sim. Caso esteja avaliando se meio que perdi meus fones vermelhos da Beats, a resposta também é sim. Eu os perdi debaixo da cama, de propósito.

Olhe, é minha culpa ele ter descurtido do Café Treplev? Não. Não é.

Na verdade, fui a uns quatro cafés diferentes nas redondezas e, a cada ocasião, saí de mãos vazias.

Hoje estou tentando um novo café, ГЛаВНаЯ, pronunciado "Glavnaya", o que significa *lar* em russo.

E parece mesmo um lar. Se em minha temporada no lar eu casualmente *stalkeasse* o inimigo/patriota número um da América. O lugar tem sofás mostarda, algumas poltronas xadrez e abajures de mesa. Não é um lugar ruim. Apesar de nunca se saber quem senta nestas poltronas. E por quanto tempo. Meio que como as poltronas da Starbucks. Quando você imagina quem pode ter sentado lá antes, e suas possíveis doenças transmissíveis, aquela almofada aparentemente confortável começa a se parecer muito com um placa de Petri. Ou uma fábrica de pulgas. Ou um hotel de piolhos.

Estou no terceiro *espresso* e diria que meus batimentos cardíacos variam entre um nervoso aluno de quarta série em uma competição de soletração e um viciado-em-metanfetamina-desdentado do Mississippi.

Este café foi um fiasco.

O que, para falar a verdade, me deixa surpresa. Estava convencida de que havia algum tipo de força maior me guiando para este lugar. Sabe, como se meus pés estivessem me levando, e aqui estava, e de alguma forma isso tudo se manifestaria em sucesso. Tipo, a Força está comigo. Mas acho que meu treinamento Jedi segue incompleto. Tudo o que consegui manifestar foi uma leve ressaca, cumprimentos da interminável marcha da morte da vodca de Katerina.

Falando em ressaca. Todo mundo sabe que a única verdadeira cura é um queijo quente, batatas fritas e Coca-Cola.

Não me julgue. São circunstâncias extremas. Estou de ressaca em terra estrangeira, após uma fracassada missão de busca. Preciso de comida gordurosa, e você e eu sabemos que passamos por uma lanchonete a caminho daqui.

Ok. Frendy's American Diner venceu!

* * *

Só de pisar neste lugar já sinto certo alívio. Realmente odeio ser tão descaradamente americana, mas acho que sou, a um nível meio molecular.

O piso é de azulejos pretos e brancos, há cabines, uma jukebox, discos de vinil pendurados no teto. Alguém escolheu tocar Elvis. Por mim tudo bem.

*Love me tender, love me true, all my dreams fulfilled...*

Tenho quase certeza de que Elvis não falava de sonhos serem realizados por batatas fritas e Coca-Cola, mas nunca se sabe. É do *Elvis* que estamos falando aqui.

Sento em uma das cabines e peço um queijo quente, batatas fritas, Coca-Cola, uma vaca preta e torta de maçã.

E, sim, a garçonete me olha estranho.

É uma garçonete mais velha, com uma coisa vermelha, que meio parece um avental, e um chapéu vermelho e branco. A coisa toda é bem kitsch. Eu a elogiaria, mas ela não parece gostar de mim.

(Ninguém na Rússia parece gostar de você. É o jeito deles.)

— Estou comendo por dois — explico, colocando uma das mãos sobre minha barriga. Mas ela não entende a piada. Não tem muito como traduzir.

Há pequenas jukeboxes em cada mesa, e vejo meu reflexo brevemente antes de desviar o olhar.

Sou uma impostora. Uma farsa. Está muito claro que eu não era a pessoa certa para realizar esta missão. Quero dizer, alguém como Katerina? Definitivamente. Mas eu? Esquisita, socialmente inapta, nunca-conheceu-uma-tangente-que-não-seguiu eu? Honestamente acho que Madden me superestimou. Todos fizeram isso.

Tudo bem. Vaca preta, você me entende.

Desapareço no turbilhão de *comfort food*, onde todos os meus pensamentos e preocupações e medos se transformam em um mágico banquete de gordura. Então, pago a conta. Estou me levantando para ir embora, sentindo pena de mim mesma. Estou quase certa de que minha garçonete também está.

Posso praticamente ouvir seus pensamentos.

*Pobre americana. Tão gorda, ignorante e solitária.*

Estou prestes a sair correndo em um acesso de vergonha quando acontece.

Ali. Entrando e se sentando ao balcão.

Ali.

Completamente sozinho.

Sean Raynes.

# 22

Minha. Nossa.

Noto Sean Raynes assim que passo pela porta, mas, quando o vejo, minha perna esquerda trava e tenta dar meia-volta. Só que minha perna direita está teimosamente seguindo em frente. Então, basicamente metade de mim está indo embora, e a outra metade está virada de lado, perpendicular a mim mesma. E estou congelada.

Se está se perguntando se pareço *cool* neste instante, a resposta definitivamente é não. Com toda sinceridade, meio que pareço mentalmente perturbada ou uma aluna de primeira série tomada por uma súbita e intensa vontade de fazer xixi. A garçonete olha para mim, imobilizada no reino do espasmo, e ergue uma das sobrancelhas.

Mas Sean Raynes não — obrigada, Jesus.

Em vez disso, Sean Raynes está sentado ao balcão, de onde pega o menu e pede batatas fritas.

Senhoras e senhores, o mais notório herói/traidor da América está comendo batatas fritas.

Viu, não sou só eu. Você não consegue mesmo ficar muito tempo fora do Estados Unidos até começar a sentir falta do que normalmente consideraria deprimente, plebeu e ordinário. Não importa o quão erudito você se considere.

Pela janela, posso ver o guarda-costas, e possivelmente Lorde Sombrio, Oleg, do lado de fora, observando. Acho que Raynes queria algum espaço hoje.

A questão é... Que diabos faço agora?

Se eu sair, não haverá sentido algum neste encontro inesperado e fortuito, que só posso considerar um presente dos deuses. Se eu ficar, quando já estava claramente saindo, posso parecer uma *stalker* ou até mesmo arruinar meu disfarce.

Já sei! Vou ao banheiro.

Viu, é o que se chama de pegar limões e fazer uma limonada. Parece que me deu vontade de fazer xixi, então, agora uso isso como vantagem. Sou brilhante!

Vou direto ao banheiro antes que ele me perceba. A garçonete me olha estranho mais uma vez. Uau. Ela realmente *não* gostou de mim.

O banheiro daqui é vermelho, branco e azul. Tão americano! Aproveito a oportunidade para me fazer vagamente apresentável depois de minha orgia gastronômica.

Se soltar os cabelos, beliscar as maçãs do rosto e passar um pouco de hidratante labial cor de boca da Burt's Bees, que é tudo o que tenho, não pareço inteiramente horrível.

E estou falando sozinha.

— Pense, Paige, pense. Vamos lá. O que eu digo? O que eu faço? Como não ser óbvia demais?

Arquiteto o plano perfeito: voltar rebolando e dizer alguma coisa extremamente incisiva sobre a decoração kitsch, exatamente o que faço em minha imaginação. Mas, na realidade... quando passo por Raynes, escorrego no que imagino ser uma batata frita descartada no chão quadriculado de azulejos pretos e brancos, e acabo *tropeçando*.

Em cima de Sean Raynes.

Viu, *sou* super *cool*. É bem difícil ser tão discreta, então, não se intimide.

Mais uma vez a garçonete me observa. Ela está sorrindo? Tenho a sensação de que, quando ela voltar para casa esta noite, vai contar ao namorado sobre mim: *Tinha uma garota estranha no trabalho hoje. Quase parecia uma aberração de circo.*

Você realmente jamais viveu até que tenha escorregado em uma batata frita e caído em cima de um inimigo de Estado. Faço isso o tempo todo. Sério.

A melhor parte de todas é: Raynes estava bebendo refrigerante, e agora este refrigerante pinga por toda parte.

Ele olha para mim, irritado.

— Jesus!

— Sinto muito mesmo. Deus, sou tão idiota. Eu só... tropecei e acho que tinha, tipo, uma batata frita ou alguma coisa e...

— O quê?

— No chão? Acho que foi uma batata frita? E eu escorreguei nela.

Meu rosto inteiro está contorcido.

— Espere um minuto. — Ele estreita o olhar. — Você! Estava no Café Treplev outro dia?

Ahá! Ele lembra de mim.

— Culpada.

Tento sorrir acanhadamente. Não acho que esteja me saindo bem.

— Estava usando uma camiseta do Elliott Smith, não estava?

— Culpada novamente. Uau. Que memória você tem.

— Bem, você não vê exatamente muitas garotas andando por Moscou com uma camiseta de "SAY YES".

— Não me diga...

Agora é só *um pouco* constrangedor. A garçonete se aproxima para limpar a imundície e, juro por Deus, me olha de um jeito que diz *Mas que merda tem de errado com você?*

— Bem, sinto muito. De novo. Por, tipo, a milionésima vez. Se tiver alguma coisa que eu possa fazer... Eu ofereceria pagar pela lavagem a seco, mas você está de camiseta, e isso é, tipo, estranho... Quero dizer, quem lava as camisetas a seco? Além disso, não há, tipo, lavanderias a seco ambientalmente conscientes e orgânicas em Moscou, suponho eu, então teria que, tipo, mandá-la de volta para casa, pedir que a lavassem a seco e a mandassem DE VOLTA a Moscou, e isso possivelmente demoraria uma eternidade, e é bem provável que ela fosse extraviada, mas é uma questão mais ética e moral, na verdade...

E agora tanto a garçonete quanto Sean Raynes me encaram.

Ouvi dizer que há novas tecnologias envolvendo mantos de invisibilidade, e, preciso admitir, se eu pudesse vestir um manto de invisibilidade agora mesmo e meio que simplesmente desaparecer — PUF — Eu. Totalmente. Faria. Isso.

Senhoras e senhores, o Frendy's American Diner de Moscou está completamente silencioso. Quero dizer, acho que ouvi o cricrilar de um grilo.

— Quer beber alguma coisa?

Sean Raynes pergunta aquilo do nada. Tipo, salta de sua boca. Um espasmo involuntário de *Que diabos?*

— Er. Está falando comigo?

Olho para trás.

A garçonete revira os olhos.

— Sim, estou... falando com você.

— Ah, isso foi só minha imitação de Robert De Niro.

Ele inclina a cabeça. Está meio que me olhando, honestamente, como você olharia sua irmã mais nova se ela estivesse rolando no chão em sua festa de aniversário. Não é com raiva. É mais um olhar curioso de afeto.

Acho que não estraguei tudo. Implausivelmente. De alguma maneira.

Finalmente, a garçonete parece não aguentar mais.

— Sabe que essa garota ser esquisitona, não?

— Sim. — Ele assente. — Sei que garota é esquisitona. Vamos lá, esquisitona, vamos nessa.

# 23

Você já se viu em um passeio romântico com um expatriado internacionalmente famoso e um segurança rude? Preciso confessar, é meio constrangedor. Raynes e eu saímos para a brisa intensa de outono e andamos pelo caminho ao redor do rio Moscou. Tudo muito íntimo. Exceto pela parte do segurança rude.

Nós três (ou possivelmente os três e seja lá quem mais estiver nos seguindo, disfarçado) entramos em um beco, em algum lugar atrás do Teatro Bolshoi, e Raynes caminha com familiaridade até uma porta marrom-escuro sem nenhuma característica marcante.

Ele bate. Oleg fica parado ali, aparentando impaciência.

Um pequenino retângulo se abre, e um par de globos oculares surge.

— ПАРОЛЬ? — pergunta olhos misteriosos. (*Senha?*)

— БЕСПРЕДЕЛ — responde Raynes. (*Bespredel.*)

(Tradução: *Sem lei.*)

A porta marrom é vagarosamente aberta, e Raynes e eu, escoltados por nosso querido Oleg, caminhamos por um longo corredor, virando duas vezes à direita e depois à esquerda, chegando a um hall com uma porta preta. Há um homem enorme, de camisa de gola alta cinza e calça preta, parado estoicamente na frente desta porta. Ele assente imperceptivelmente para Raynes antes de abri-la.

Entrar neste lugar é meio como entrar no set de um *film noir* dos anos 1940, ambientado em um antro de ópio de Bangkok. Assim que você passa pelas cortinas, sob a luz fraca das lanternas vermelhas, tudo ganha um ardente tom de vermelho.

Os tons de escarlate e os divisores de sala ornamentados e circulares abrem caminho para uma área central, com um bar e uma razoavelmente discreta e vazia área de fundos. Começo a achar que é onde Raynes gosta de se esconder das multidões adoradoras/odiosas.

Nós nos sentamos ao lado desses divisores, criando um cantinho onde ninguém consegue nos ver. Oleg se senta ao bar. Graças a Deus.

Realmente não queria ser forçada a jogar conversa fora com Oleg. (*E aí... estrangulou alguém hoje?*)

Uma garçonete magra como um palito, usando batom vermelho e vestido de seda chinês carmim, se aproxima. O cabelo foi preso em um coque com aqueles palitinhos espetados.

Estou ocupada demais com meu nervosismo para perceber que ela já estava parada ali há um tempo.

— Já sabe o que vai querer? O hit daqui é o mai tai.

— Ah, er, ok, vou querer um mai tai.

Ele pede um uísque.

— Então, hum... você veio a Moscou só para derramar bebida em estranhos?

— Sim. Mal posso esperar para derramar meu mai tai em você.

Ele dá um sorrisinho. Sua expressão é tão calorosa, e agora minhas bochechas também. Há alguma coisa estranha acontecendo aqui. Não quero dizer, tipo, como aqueles cartões de arco-íris da Hallmark. Não é isso. É como se ambos estivéssemos tentando conversar sem realmente olhar um para o outro. Tipo, sem fazer contato visual.

Como se estivéssemos pensando o que estou pensando, que é *Ah, meu Deus, você é de verdade mesmo? Tipo uma pessoa de carne e osso?*

Então... fazemos contato visual, e é como um choque elétrico. *Zap.* E ambos desviamos o olhar.

E nenhum de nós sabe exatamente o que fazer depois daquilo. Ou eu, pelo menos, não sei.

Eu me lembro daquela expressão francesa: *coup de foudre.* Relâmpago. Um tipo de amor à primeira vista. Me lembro de pensar que era ridículo. Quero dizer, como você pode conhecer uma pessoa e imediatamente sentir que não consegue olhar para ela porque seja lá o que esteja acontecendo é poderoso demais? Isso é coisa de contos de fadas — como um unicórnio ou um duende e seu pote de ouro, no fim do arco-íris.

Exceto que, claro, parece ser exatamente o que está acontecendo no momento.

— Então, você é estudante?

— Hum... sim.

Há um silêncio desconfortável.

Ele não sabe se sei quem ele é ou não. Se estou ciente de que é o Sean Raynes. Percebo que ele meio quer me perguntar, mas não sabe como fazê-lo sem parecer um babaca pomposo.

— Olhe, vou ser sincera com você. Acho que seria dissimulado de minha parte fingir que não sei que você é, er... quem você é.

Deixo de fora a parte de ser uma espiã internacional. E também a parte sobre o que estou sentindo. Excluo o fato de que meu coração parece saltar.

Ele suspira. Acho que é um suspiro de alívio.

— Bem, pelo menos agora não preciso explicar os seguranças. Ou o guarda-costas. Quem sabe? Nunca sei realmente quantos são. O que é estranho.

Olhamos para Oleg. Na verdade, só conseguimos ver suas costas, mas até seus ombros parecem malvados, inclinados para a frente, prontos para atacar.

— Ele segue você até no banho?

— Sim, na verdade é meio que útil. Especialmente a parte em que esfrega minhas costas. É difícil esfoliar as costas sozinho.

Nós rimos um pouco, mas não parece natural.

As bebidas chegam, e ficamos sentados ali, por alguns instantes, bebericando em silêncio.

Resolvo quebrar o gelo.

— Hum. Se importa se eu perguntar uma coisa?

— Manda.

— Como é estar aqui? E ser você. Aqui?

Ele olha para mim, ponderando a resposta.

— Humm... Quer a resposta legal ou a resposta honesta?

— Talvez ambas?

— Ok, bem, a resposta legal é... É incrível, é fantástico. Consegui! Mostrei a todos eles!

— E a honesta...?

— Pode guardar um segredo?

— Er. Sim. — Acho que estou guardando um bastante grande no momento.

— Não é jornalista nem nada assim?

— Não. Definitivamente não.

— É meio solitário. E estou com saudades de casa.

Ele bebe mais um gole, e beberico meu mai tai.

Oleg vira para trás e nos encara. Nem mesmo finge ser casual.

— É por isso que estava comendo batatas fritas no Frendy's American Diner?

— É exatamente por isso que eu estava comendo batatas fritas no Frendy's American Diner. E você?

— Quer a resposta legal ou a honesta?

— As duas.

— A legal é... bem, não existe resposta legal. A resposta honesta é que também estou com saudades de casa. O que faz eu me sentir uma americana boba. Realmente, achei que eu era mais sofisticada do que na verdade sou.

Há mais um momento de silêncio, e, então, isso sai:

— É legal conversar com alguém de casa.

Er, nós dois falamos isso. Ao mesmo tempo. Com a mesma entonação.

— Ok, isso foi esquisito.

— Sim, foi. Obviamente você é um robô.

— Não, humano. Não sou robô — respondo, em minha melhor imitação de robô. Deus, como sou nerd.

Ele sorri.

— Ok, tenho mais uma pergunta. Se todo mundo te aborda em todo lugar que vai, e quer ser legal porque você é famoso, talvez não seja tão solitário assim...?

— É, mas... isso parece mesmo divertido para você? Ei, você quer sair comigo para eu ficar te encarando o tempo inteiro?!

— Ok, tem razão. Só para sua informação, é meio como ser uma garota passando na frente de uma obra. Caso esteja curioso.

— Ah. Entendo. Jamais pensei nisso.

Há alguma coisa em Sean. Bem aqui, bem neste momento. Ele não está olhando o telefone nem tentando pensar no que dizer em seguida. É como se estivesse apenas absorvendo tudo. Deixando as engrenagens rodar.

Oleg olha para trás e assente para ele. Esses russos realmente não são de sorrir muito.

— Acho que preciso ir. Eles são bem paranoicos comigo. Como se eu fosse seu pônei campeão. Não querem me perder.

— Aposto que queria que os Estados Unidos tivessem revogado seu passaporte em outro lugar. Tipo Zermatt? Ou Edimburgo?

— Eu sei. — Então ele franze a testa. — Espere. Como sabia que revogaram meu passaporte? A maioria das pessoas acha que desertei, porque sou um espião comunista traidor e ateu.

Ops. Sei disso porque minha agência governamental supersecreta me informou.

Disfarce, imbecil! Disfarce!

— Não sou a maioria das pessoas. E, hum, acho que você é um herói.

Deus, espero não ter estragado tudo dizendo isso. Ugh. Por que falei isso mesmo?

— Er... Quer jantar um dia desses?

— Eu?

— É a única outra pessoa na sala. Além de Oleg. E janto com ele toda noite. Então, já meio que perdeu o encanto inicial.

**185**

— Acabou de citar um verso de Hall & Oates?

— Ironicamente.

— Não há outra maneira de fazer menção a Hall & Oates.

— Posso citar muitas outras coisas ironicamente durante o jantar.

Risadinha. Nada *cool*.

— Tem esse restaurante que gosto muito. Ramallah Café. Gosta de meze?

— Ah, eu amo. Meu pai é verdadeiramente um grande fã.

Não sei porque falei aquilo.

— Bem, acho que pode gostar desse lugar então. É todo de arenito e jardins. É como estar no Oriente Médio. Sem as explosões.

— E a interminável tensão e desesperança?

— Exatamente. Talvez possa me encontrar lá... amanhã? É cedo demais? Muito desesperado? Não sou muito bom nisso.

— Sim! Não! Te encontro lá. — Deus, estou tipo presa em um staccato ou coisa assim. Pareço uma máquina respondendo automaticamente.

— Ok. Ótimo. Talvez me encontre lá às oito?

— Ramallah Café. Oito da noite.

Oleg revira os olhos e tira Raynes desta interação extremamente tensa. Graças a Deus.

Raynes é levado por Rude McRudington, e, então, fico sozinha. Só eu e meu mai tai.

Há diversas coisas coloridas acontecendo no momento. Este lugar é vermelho-rubi. O guarda-chuva de meu drinque é laranja pôr do sol. E as borboletas em meu estômago são... não sei. Cor de borboleta. Azuis. Talvez laranja e pretas. Talvez monarcas. Sejam lá de qual cor, estão frenéticas. Estão voando e fazendo com que eu me sinta capaz de voar com elas.

Quero falar seu nome. Quero gritar para o alto: *Sean Raynes! Vou sair com Sean Raynes!* E, depois, quero repetir seu nome baixinho para mim mesma, mantê-lo em segredo. Um sussurro.

O que está acontecendo comigo? Nada disso é familiar.

Não tenho *crushes*. Tenho peguetes.

Então, essa *percepção* do que é um *crush* é meio que uma novidade.

Além disso, preciso confessar, não consigo decidir se estou mais excitada em jantar amanhã à noite com o inimigo público número um da América em um restaurante inspirado na Cisjordânia, ou contar a Madden que vou jantar amanhã à noite com o inimigo público número um da América em um restaurante inspirado na Cisjordânia.

Mamãe ficaria tão orgulhosa.

# 24

Após dois lances de escada até o quarto, vejo Uri. Ele ensaia alguns passos de hip-hop não tão horríveis, usando fones de ouvido. Abano a mão na sua frente para despertá-lo de seu transe hip-hop.

— Paige América! Logo a garota que querer ver!

— Sim, Uri, a que devo o prazer deste *breakdance* improvisado em meu dormitório? A propósito, devia dançar break lá fora, onde há menos chumbo para inalar.

— Chumbo? É mal?

— Sim, é muito mal. E, provavelmente, está em todos os prédios do campus. Então, fique ao ar livre com frequência. Falando nisso, vamos lá para o gramado, sim?

Uri franze a testa.

— Todos os americanos ser paranoicos?

— Só porque você é paranoico não significa que não estão atrás de você.

— Ah! Eu gostar disso! Só porque ser paranoico estão atrás de você.

— Ok, não foi isso...

— Ótimo!

Agora Uri e eu estamos descendo os degraus da entrada e caminhando até o jardim principal. Alguns alunos o olham de relance, e estou certa de que ele já atingiu um nível de fama John-Gotti no campus.

— Então, Uri, desembucha. O que quer? Está aqui para jurar seu amor eterno por Katerina?

— Não. Estou aqui para ajudar.

— Para ajudar quem?

— Ajudar você. Minha BFF...F americana.

— E o que possivelmente você acha que seria necessário a esse respeito?

Uri se inclina para mais perto e cochicha:

— Paige, lembra como dizer que pais sumiram, levados a lugar horrível e desaparecer?

Oh, Deus. Não sei nem se quero ouvir a frase seguinte.

— Paige, eu poder ajudar. Você vê... — E agora cochicha mais baixo ainda. — Meu pai, ele conseguir coisas, de lugares estranhos. Lugares de onde não se deve conseguir coisas.

Isso congela minha respiração.

— É possível, ele conseguir informação de homem que consegue de homem que consegue de outra pessoa. Alguém que ver pais. Alguém que talvez consiga soltar pais. Por preço.

A quantidade de balõezinhos de pensamentos rodeando minha cabeça no momento é de... eu diria trezentos.

— Estados Unidos, Paige, não pagar preço. Eles odiar negociar. Mas meu pai. Ele acostumado a negociar. Ele é expert.

Ok, então, basicamente, o que está acontecendo é que Uri me ofereceu a chance de encontrar meus pais e pagar um resgate para levá-los de volta. Bom plano. Exceto que eu conseguiria o resgate de... quem?

— Uri, eu não tenho dinheiro.

— Eu tem. Meu pai tem. — Ele enche o peito e sorri. — *Eu* paga.

— Uri, não posso aceitar. Por mais que deseje. E acredite em mim, eu reeeeeeealmente queria poder. Apenas não poderia aceitar esse tipo de dinheiro. Nada de bom poderia vir disso. Eu sei.

— Tem certeza? Talvez não ser tanto assim?

— Uri, já ouviu a expressão *Quem com cães se deita, com pulgas se levanta?*

Uri faz bico.

— Eu sou um pulga?

— NÃO! Não, você não é pulga, Uri. Você é ótimo. É maravilhoso e gosto muito de você...

— Gostar para sexo?

— Não, não gostar para sexo. Mas para amizade. Proximidade. Carinho.

Do que estou falando? Carinho? Jamais disse a palavra *carinho* na vida. Mas gosto mesmo de Uri. Sinto uma espécie de proximidade e acho que isso se chama... *gentileza*. Como um sentimento humano. E o fato de ele estar pensando em meus pais, de isso ter ficado em sua cabeça, significa alguma coisa. Ele não deu de ombros simplesmente, e deixou aquilo para lá naquela noite na igreja. Ele pensou no assunto. Ele quis consertar.

— Mas a questão é que... tenho certeza de que meus pais não gostariam que eu me envolvesse... desta maneira... com certos... elementos.

— Como pulgas.

— Uri, realmente significa muito para mim que você quisesse tentar. Significa de verdade. Mas simplesmente não posso.

— Ok, tudo bem, como quiser.

— Uri, seu inglês está melhorando bastante.

— Talvez bom, mas não entendo sua cultura. Por que todo mundo sorrir o tempo todo? Petrodólares?

— Pode ser, Uri. Pode ser que estejamos todos meio que na Disneylândia enquanto o mundo queima ao redor.

— Isso foi sombrio para americana. Talvez está virando russa.

O céu atrás de Uri fatia o campus em lençóis de cinza, um dossel de filetes, se espalhando pelo horizonte.

Não tenho certeza se faço a pergunta, mas sai mesmo assim:

— Uri?

— Sim, americana sombria?

— Acha que seria possível dar uma perguntada por aí, mesmo assim? Tipo, perguntar a alguém se talvez tenham ouvido alguma coisa de um cara que talvez ouviu alguma coisa de outro cara, esse tipo de coisa? Sobre... só... eles estarem vivos?

— Só perguntar?

— Sim. Só perguntar. Só isso. Como curiosidade.

— Tipo, *Oh, estou tão curioso com um casal americano que tem nada a ver comigo?*

— É.

— Ok, Paige. Para você, faço isso.

— Uri... por que para mim você faz isso?

Ele me olha por um instante, inclinando a cabeça. Então, ele ri.

— Ah! Você tem pensamento paranoico! Viu? *Está* virando russa!

Não consigo prender o riso.

— Relaxe, pessoa tensa. Se chama amizade. Procure no dicionário.

— Ah. Amizade.

— Sim. Está claro que sou seu primeiro amigo. Tudo bem. Eu ensino como é.

E com aquilo Uri se aproxima, dá um beijo em meu rosto e sai dramaticamente, atravessando a quadra.

— Ei, Uri!

Ele olha para trás.

— Obrigada.

Ele abaixa a aba de um chapéu imaginário e continua seu andar pavoneado pelo gramado. Uma supermodelo ainda não descoberta passa por ele, e Uri põe a mão no peito, olhando-a como se atingido por um tiro.

# 25

Minha parte favorita nesse trampo garota-espiã é essa. A ciência da esteganografia. Mandar correspondência para Madden, embutindo mensagens em outros, aparentemente inócuos, sites. Até agora, definitivamente é a parte mais James Bond do trabalho. De longe.

Eu o atualizo sobre meu interlúdio romântico com Raynes e nosso próximo *rendez-vous* no Ramallah Café. Apesar de ser Madden, ele parece impressionado.

Em um site de observadores de aves, subo uma foto de um bombicilídeo em uma árvore, com minha mensagem seguramente criptografada nas garras do pássaro. Na verdade, é um processo muito simples: os últimos dois pedacinhos de bytes de cada imagem são alterados, o que muda a foto imperceptivelmente, mas possibilita a liberação do espaço necessário para esconder uma mensagem nos pixels.

Ok, agora tente você.

Katerina está na aula, e não tenho a mínima intenção de contar a *ela* sobre Raynes. Porque, sejamos honestos, há algo de errado aqui.

Não *creio* realmente que ela seja da FSB, porque parece meio paranoico e delirante, mas...

Tenho pensado nas coisas, e parece muito doido para ser acaso.

O fato de que tinha uma arma, o fato de que não pareceu se importar muito quando joguei a tal arma fora, o fato de ela ser faixa preta e mais... nada disso faz muito sentido. Se a arma fosse *de fato* de Katerina, ela não teria ficado louca de tê-la perdido?

A única forma de não surtar em uma situação daquelas seria se a arma *não fosse sua*. Tipo, digamos, se você trabalhasse para uma agência de inteligência.

Não acho exagero, talvez, eu me perguntar se ela é da FSB.

Pedi a Madden para tentar descobrir. Enquanto isso, entretanto, a questão é... Se ela realmente for, afinal, uma espiã da FSB, então foi colocada em meu quarto como minha colega porque é apenas o normal com estudantes americanos fazendo intercâmbio? Ou foi colocada aqui especificamente para mim?

Porque, se foi colocada aqui especificamente para mim, isso significa que meu disfarce caiu.

E, se meu disfarce caiu, significa que preciso ir embora.

O que significa nada de meze no Ramallah Café.

E nada mais de flertar com Raynes.

O que seria trágico.

E *também* significaria que minha chance de levar meus pais para casa estaria perdida.

E tal perda é inaceitável.

# 26

Só para você saber, não é *stalkear* se for sua missão.

Sim, algumas pessoas considerariam estranho Googlar alguém por duas horas e cair em todo buraco possível conhecido pelo homem só para ter um vislumbre, um relance, uma faísca, da personalidade desse alguém dentro de tais buracos.

Uma pista. Uma migalha. Um incisivo momento de revelação.

Todos esses cliques, cada um deles, tentando mergulhar cada vez mais na mente, alma, coração, veias e corpo do mais notável expatriado da história recente.

Aqui, no meio da noite, com Katerina na rua, provavelmente se enchendo de vodca mais uma vez, estou livre, sozinha e capaz de mandar tudo para o inferno, e descobrir tudo, cada fato estranho que exista para saber a respeito de minha obsessão. Quero dizer, minha missão.

E, como em qualquer missão, fazer sua pesquisa compensa.

Acabo de passar uma hora só na pesquisa de imagens do Google, encarando, on-line, seus olhos e imaginando se são olhos de um monstro ou do tipo de pessoa que pode se apaixonar.

# 27

E estamos de volta! Aos mistérios das filmagens em vídeo! Venha comigo, por obséquio, neste *tour* mágico. Lembre-se, não sei nada sobre o assunto enquanto acontece. Só vejo mais tarde. Graças ao bom Senhor.

Então — a sala de jantar barroca com tudo dourado e o teto azul-celeste? Bem, cá estamos mais uma vez. Para um almoço.

Dimitri, rainha Elsa e Subordinado estão sentados à mesa, em cadeiras Luís XIV brancas.

— Quem são essas garotas idiotas?

É a rainha do Gelo. Ela está apontando para uma fotografia, tirada de uma câmera de segurança.

E adivinha quem são as duas garotas idiotas? Isso. Adivinhou. Katerina e eu. E entre nós está Uri. Não-fenômeno do rap internacional. Presumo que isso tenha vindo da noite do tiroteio faroeste, naquele bunker-bar *cool*.

O chefão careca Dimitri parece despreocupado.

— Quem? Elas? Vai saber. Conhece meu filho. Tem porta giratória.

Rainha Elsa exala a fumaça do cigarro, em desgosto. Toma um *shot* de vodca. Em seguida mais um.

A seu lado está Subordinado, exibindo foto após foto para a análise de Dimitri.

— Os licitantes que queria que eu arranjasse — explica ele.

Dimitri vai passando de uma foto para outra.

— E este aqui? Esse cara?

Ambos observam uma fotografia de um homem com aparência extremamente conservadora. Um *print* do site de sua "fundação". Um banner no alto da imagem diz "Restaurando Valores Americanos."

— É branco racista. Se autointitula patriota. Bilionário. Poderia dar um lance alto. Talvez o mais alto.

Outra foto.

— E ele? — Agora estão olhando a foto de um asiático em uma camisa verde-cáqui com divisas.

— Criação de pequeno porte norte-coreana. Quer ser grande. Ele fez oferta. Oferta baixa.

— Baixa como? — Dimitri inclina a cabeça, estreitando os olhos para a foto do licitante.

— Um milhão.

Dimitri sorri com sarcasmo. Rasga a foto ao meio.

— Há mais alguns. Um na Venezuela. Mas quem sabe? Instável. E também um chefe do tráfico em Jalisco. Provavelmente estará morto em breve.

— Quanto ele ofereceu?

— Dois milhões.

Dimitri zomba novamente.

— Esses são ofertas baixas. Continue procurando.

Rainha Elsa bufa.

— Qual o problema, *mishka*?

Ela dá de ombros.

— E quanto a Raynes? Oleg anda cuidando de seu ninho, como passarinho?

— Todos estão. Mas veja só esta. Ele tem namorada.

Subordinado coloca na mesa uma foto de Sean Raynes com ninguém menos que... esta que vos fala. Paige Nolan! Internacionalmente renomada superespiã! *Namorada* de alguém!

Devem ter sido tiradas quando caminhávamos às margens do rio Moscou até o bar de Hong Kong. Oleg está logo atrás, parecendo desconfiado e carrancudo em geral.

— Ah.

— Ela é russa?

— Não sei. Raynes não fala russo, então...

— Talvez fala língua internacional — ironiza rainha Elsa.

Dimitri olha para ela, irritado.

Mas, então, alguma coisa chama sua atenção. Alguma coisa na mesa em frente à Rainha de Gelo. A foto em preto e branco do bunker-bar.

— Espere.

Ele pega a foto. Agora pega a foto do rio Moscou.

— Não acredito.

Subordinado e rainha Elsa esperam.

— Olhe essa garota.

Subordinado e rainha Elsa analisam a fotografia em preto e branco. A do tiroteio do bunker-bar com Uri.

— Agora olhe essa garota. Aqui.

Subordinado e rainha Elsa olham para a foto do rio Moscou. A que mostra Sean Raynes e eu, caminhando ao lado da água.

— Estão vendo?

Silêncio.

— É mesma garota!

E agora os dois se dão conta. É mesma garota. E mesma garota calha de ser eu. Senhoras e senhores, Paige Nolan, às suas ordens.

Dimitri olha para Subordinado.

— Você. Me traga esse garota.

# 28

O sol está nascendo, o que significa hora do check-in/exercício com Madden. No momento, ele grita comigo enquanto corro pela praça Vermelha, passando pela Catedral de São Basílio, ofuscante sob a luz matinal.

— Está indo devagar demais, Paige. Isso não é *Romeu e Julieta*.

— Merda, preciso fazer com que ele confie em mim, e fazê-lo confiar em mim leva tempo.

Duas *babushkas* do lado de fora da catedral me olham com desaprovação.

— Sabe, você não é a única que está interessada em Sean Raynes, Paige.

— Eu sei. Vocês estão. A RAITH está. Já entendi.

— Não, o que quis dizer é que não somos os únicos.

— Eu sei. FSB. Putin. Constrangimento. Vergonha da América. Saquei.

— Tem mais.

— Sério? Quem?

— A máfia.

— Isso é sério?

— Como um ataque cardíaco. Nossas fontes alegam que a máfia russa planeja sequestrar Raynes e vendê-lo pelo lance mais alto. Pode ser para o Boko Haram, pode ser para o Estado Islâmico, pode ser para a porra de Piers Morgan pelo que sabemos. A questão é se você acha esse cara um herói. Seja lá o que ele tem, onde quer que tenha, precisamos que descubra o que é. Tipo, para ontem.

— Então, o relógio está correndo. Tempo é dinheiro. Uma fração de segundo é...

— Paige. Isso não é brincadeira. Quer que Raynes morra? Quero dizer, *depois* de ser torturado até todos os seus segredos de Estado serem arrancados por Deus sabe quem?! Pelo Irã? Pela Coreia do Norte? Pela porra do Estado Islâmico? É isso que você quer?

Paro, ofegante, sobre a ponte do rio Moscou, impressionada pela catedral de Cristo Salvador. Ela está ali nada impressionada, com as cúpulas brancas e douradas, brilhando com o nascer do sol, assomando sobre a ponte, como o Taj Mahal. Jamais imaginaria que este lugar seria tão lindo.

— Talvez segredos de Estado não devessem ser tão secretos.

— Não. Confie em mim, Paige. Não vai querer isso.

— Quem espiona os espiões, Madden? Como você...

— Jesus Cristo, eu tenho autorização de segurança nível um e *sei*. Ok? Então, por que não faz seu trabalho?

Ele desliga.

À frente, as cúpulas douradas no topo da catedral alcançam o céu, uma gigantesca bem no meio, abrindo caminho para o paraíso.

Por que *não* faço meu trabalho?

A igreja me encara de volta, esperando por uma resposta.

# 29

Sabe aquela sensação? Aquela sensação que se tem quando você e ele parecem as únicas pessoas no mundo? Tipo, como se cada momento anterior levasse ao atual instante — este bem aqui, quando são só vocês dois. Contra o mundo?

Não? Permita-me explicar.

Estamos no meio de um jardim de arenito rodeado por árvores, em um terraço de Moscou. Não faço a mínima ideia de como o transformaram, no meio desta vasta cidade a cada dia mais fria, nos arredores do Portão de Damasco na Cidade Antiga de Jerusalém. É um projeto verdadeiramente ambicioso. Vou confessar uma coisa: seja lá quem o construiu estava com saudades de casa. Isso ou, considerando todos os locais de temas exóticos que visitei durante esta excursão, a Rússia raptou uma equipe valiosa de Visionários da Disney.

Deve haver algum tipo de invólucro ao redor deste terraço, porque, em seu interior, na fileira de mesas e cadeiras de madeira incrustadas de madrepérolas, com o que parece ser uma espécie de jardim suspenso, é aconchegante e quente, enquanto lá fora a temperatura está caindo para aquela em que sua respiração começa a condensar.

Em frente a mim, emoldurado pelas folhas de videira da pérgola acima, está a presença singular de Sean Raynes.

Há lanternas de metal com mosaicos coloridos brilhando por todo lado, aumentando a sensação de que poderíamos muito bem estar comendo no Jardim do Éden. Antes da expulsão.

Os olhos de Raynes são profundos e intensos. Não sei se sou só eu, ou se teriam esta aparência para qualquer um. Mas quase não suporto encará-los. É demais. Como se sentisse que fossem capazes de me atirar para o outro lado do salão.

Oleg está sentado a algumas mesas, em toda a sua glória carrancuda, enquanto tento adivinhar o romance favorito de Sean.

— *O apanhador no campo de centeio.*

Ele ri.

— Não. Óbvio demais.

— Ok, me dê uma pista.

O garçom se aproxima com o meze: homus, azeitonas, tahine, tabule e todas as outras deliciosas comidas da aurora da civilização.

— Ok. Uma pista. Humm. Se passa na Segunda Guerra Mundial.

— Seria... *O pássaro pintado?*

— Espere. O quê? Como adivinhou isto?! Sério? Como diabos simplesmente adivinhou?

Eu sorrio.

— Elementar, meu caro Raynes. É um livro sobre alguém que é um *outsider*. Acho que talvez você se veja como um. Além disso, é um ótimo livro.

— Ok, mas, quero dizer, *O sol também se levanta, Ardil 22, Maus?* Você poderia ter chutado qualquer um deles. Por que...

— Você não é o único que se sente um pássaro pintado.

Aquilo fica pairando ali por um segundo.

Eu não buscava um momento profundo, sinceramente. Simplesmente escapou. Agora me sinto vulnerável. E assustada. E, talvez, como se meu coração tivesse acabado de parar.

— Bem, eu também tenho um segundo livro favorito, mas é de não ficção. Sobre a rebelião navajo de Fortress Rock. É uma história incrível. Ninguém conhece muito bem. A história foi enterrada.

— Ooo. Me conte.

— Basicamente, quando todos os navajo foram expulsos de suas terras, você sabe, a Longa Marcha, um grupo se reuniu e montou um plano para uma rebelião. Então, eles subiram essa rocha impossivelmente alta, Fortress Rock, que tem mais de 200 metros, praticamente vertical, usando apenas escadas de madeira. E depois levaram as escadas lá para cima. Para o exército não conseguir subir. O exército precisou simplesmente se sentar lá embaixo, e esperar por eles. E não eram apenas homens. Havia mulheres e crianças. Mulheres grávidas subindo este rochedo loucamente íngreme, quase como um arranha-céu, nessas escadas de madeira.

— Sério? Espere. Deu certo?

— Sim, deu. O exército estava bem convencido a princípio. Acharam que os navajos uma hora teriam que descer. Por comida, por água. Mas adivinhe só?

— Estou ansiosa.

— Depois de cerca de um mês, eles *ficaram* sem água. Então, esperaram o exército dormir, e formaram basicamente esta corrente humana para descer a rocha. Mandaram um cara ir buscar água. Daí ele voltou, e eles subiram toda a água para o alto da pedra pela corrente humana de mãos, uma por uma, até o alto da rocha.

— Uau. Isso é bem legal.

— E adivinhe o que aconteceu depois? O *exército* ficou sem comida. E precisou ir embora. Eles desistiram.

— Sério?

— Sim. E até hoje ainda há navajos que são daquela linhagem. É meio que um símbolo de orgulho. *Os que jamais se renderam.*

— Eu amei essa história. Amei tudo nessa história.

Ele sorri, mas então nota algo atrás de mim.

— Ah, meu Deus.

— O quê? — Me abaixo como se houvesse um assassino atrás de meu ombro. O que, você sabe, é *possível.*

— Olhe, venha sentar aqui por um segundo. Não levante a cabeça. Não até eu mandar.

— Ok, manterei meu olhar para o chão.

Eu me sento ao lado de Raynes e protejo os olhos.

— Agora. Pronta? Abra-os.

Abro os olhos e me deparo com uma imensa lua cheia e alaranjada, logo acima das luzes da cidade, no horizonte. Parece possível alcançá-la e escalá-la até o topo, e passear rumo ao cosmos.

— Espere. Espere. Tenho a coisa perfeita.

Raynes remexe nos bolsos do casaco, e, quando vejo, nós estamos de fone de ouvido e o som de Elliott Smith flui de seu iPhone.

*I'll tell you why I*
*Don't want to know where you are...*

*I got a joke*
*I've been dying to tell you...*

Nós nos recostamos, ouvindo a voz mais nostálgica, melódica e triste, olhando a gigante lua tangerina, e estamos juntos, só nós dois. E não há mais ninguém no mundo. Em lugar algum.

Exceto o garçom.

Ele se aproxima com toda a sua pressa de garçom, mas freia imediatamente quando nos vê, resolvendo nos deixar a sós.

E ele *devia* nos deixar a sós.

Todo mundo devia nos deixar a sós.

Porque é apenas ele e eu.

E isso é

tudo.

# 30

A boa notícia é que, em minha corrida matinal, vejo Uri.

São sete da manhã, sou o retrato da saúde, conexão mente/corpo/ espírito e uma vida iogue, e então ele vem dirigindo... um Humvee amarelo vívido, tocando DMX alto. Você sabe, despercebido.

Ele grita do banco do motorista.

— Ahá! Peguei você! Garota americana saltitando.

— Acho que quis dizer correndo...?

— Me diz do que está correndo, sua doida *naturebi*?!

— Espere, quis dizer *natureba*? Tipo saudável?

— Venha, tenho emergência.

— Eu gostaria, mas acho que posso ter alergia a Humvees de cores fortes, então...

— Você engraçada! Engraçada, saltitante! Entre no carro.

— Ok, mas realmente só vou entrar para que pare de dizer isso. Além do mais, para sua informação, este veículo tem alta emissão de poluentes.

Uri me imita:

— Além disso, para informação, você mata pombinhos com sua felicidade...

— Ok, tudo bem. Estou entrando. Além disso, não foi uma imitação muito lisonjeira, a propósito.

Salto para o lado do carona, onde há basicamente um degrau de 6 metros para entrar.

— Isto obviamente não foi feito para baixinhos.

— Não, é feito para russos fortes e grandes com imensos testículos! — Ele flexiona o bíceps, gesticulando por cima da música.

— Não sei bem se foi isso que você quis dizer...

— Agora vamos para emergência.

— Ok, qual é a emergência?

Ele olha para mim, muito sério.

— Gucci.

Sério? Que idiota.

# 31

Senhoras e senhores do júri, eu não tinha a mínima intenção de entrar nesta loja. Este tipo de lugar, para falar a verdade, me dá arrepios. Você sabe, este lugar com três candelabros dourados gigantescos pendurados acima de ternos de zilhões de dólares impecavelmente dispostos.

Cinco letras colossais na fachada soletram a palavra satânica em dourado: GUCCI.

— Uri, não sei se posso existir nesta loja. Acho que estar aqui pode me causar urticária.

Mas Uri parece ocupado demais se admirando na calça jeans com uma cobra preta e branca bordada em uma das laterais e que, provavelmente, custa um ano de faculdade.

— Relaxe, natureba. Pode escapar em um momento. Só preciso de opinião.

— Ok, minha opinião é que esse consumo extravagante é assustador. Você poderia alimentar uma vila inteira com esse jeans!

— Você é tão engraçada. Reclama de tudo o tempo todo.

Talvez eu seja uma reclamadora contumaz, mas realmente creio que o alegre abraço de inebriante materialismo, depois de expulsar os sovietes, libertou um tipo de capitalismo fervoroso que faria Midas corar. Igual a uma criança quando come seu primeiro pedacinho de chocolate. Dinheiro! Compras! Felicidade! Apenas sinto vontade de dizer a todos ali para desacelerar. Não é tão incrível assim. Sério, não é o que você espera que seja. Calma lá, novos consumidores. Vão com calma.

No entanto, os russos não são calmos em nada. E não fazem as coisas com hesitação. Assim como a gigantesca estátua de Pedro, o Grande, no rio Moscou é a estátua mais alta do mundo, pesando mil toneladas e diminuindo tudo ao redor, parece haver um conceito vigente de que maior é melhor, mais é mais. Acho que é o que acontece quando seu país não foi fundado por puritanos. Há uma espécie de falta de culpa naquilo tudo. Mas talvez isso não seja nenhuma novidade. Pergunte aos tsares.

Um dos atendentes, vestido de forma sofisticada, se aproxima, mostrando dois ternos a Uri. Um cinza, outro azul-marinho.

— O que acha?

— Acho que são perfeitos se estiver planejando afagar um gato em seu antro na montanha do mal.

Ele balança a cabeça negativamente, e lá se vai o atendente, irritado comigo.

Porém, antes que eu possa resmungar mais, Uri se senta a meu lado no banco de mármore dourado, provavelmente colocado aqui para maridos, namorados ou amantes velhos e ricos entediados.

E agora ele muda completamente o tom de voz e sussurra:

— Este lugar seguro para falar. Quis trazer você aqui para contar... tenho boas notícias.

Espere. Ele está falando de meus pais? Aqui? No meio deste antro dourado? Isso não faz sentido.

— Não ter escuta — cochicha ele, olhando à volta.

Ah, entendi.

Mas a ideia de ouvir qualquer coisa sobre meus pais... De repente o lugar parece desacelerar e parar. Eu me preparo.

— Ser boas notícias. — Ele assente. — Ninguém ouvir nada.

— O quê?! — explodo, um pouco alto demais. — Como isso seria *boa* notícia? O que você...

— Confie em mim, Paige. Sem notícias é boa notícia para o tipo de gente que pergunto. Significa que estão guardando segredo para alguém que está guardando segredo para mais alguém. Se segredo é guardado... significa que estão vivos.

Tento compreender essa lógica labiríntica, e, de alguma maneira, do outro lado do mundo, no meio desta cidadela capitalista, meio que faz sentido.

— Não há o que manter em segredo se estiverem mortos, certo?

Ele me olha bem nos olhos e larga tudo.

— Mas quem você...?

Ele me faz parar ali.

— Você não quer saber. Não pode saber. Essas são pessoas más. Que conhecem pessoas más. Que conhecem outras pessoas más. Isso é mercado negro. Não mundo para garota natureba.

De alguma maneira, a ideia de Uri perguntando a alguém, que pergunta a alguém que pergunta a outro alguém, através de fronteiras e nos cantos mais sombrios da Terra, onde segredos estão sendo guardados ou não, onde vidas correm perigo, onde as vidas de meus pais pendem por um fio, meus pais doces, gentis e amáveis pra cacete, em algum lugar na escuridão, cercados por víboras, é demais para mim.

Bem ali no meio da loja, em meio a toda aquela decadência e promessa de felicidade envolta em ouro... Eu. Surto. Completamente.

E não consigo respirar. Não consigo respirar neste lugar. Nenhuma palavra ou gesto possibilitaria a meus pulmões inspirar este ar, ou talvez tenha ar demais aqui, ou talvez não o suficiente, ou talvez eu esteja desmoronando bem aqui. Meu rosto é uma muralha de lágrimas, e Uri surge a meu lado agora... me abraçando.

— Não, não, não. Está tudo bem. Essa é notícia boa, Paige. Você está bem. Estou aqui. Olhe. Ok?

Então, há três vendedores a nossa volta, preocupados, e Uri também está me protegendo deles.

— *Vse norlmal'se. Vse norlmal'se.*

Os atendentes se entreolham, avaliando, tentando decidir se devem chamar uma ambulância.

Uri pede para que nos deem espaço. Eles recuam, sem uma palavra.

Acho que ele vem muito aqui.

Eu concordo, um leve assentir de cabeça. O mármore preto e dourado sob nossos pés está sumindo, se esmigalhando, e, em algum lugar do outro lado, está tudo o que eu amo e que me faz falta.

Uri me abraça, tentando melhorar as coisas.

# 32

Fico feliz em informar que já estou completamente calma quando voltamos ao dormitório, e que nada daquilo jamais aconteceu. Ok, tudo bem, aconteceu, e Uri está se comportando de maneira extremamente cuidadosa e protetora agora, o que é estranho, mas me sinto normal novamente. Ou seja lá qual minha versão de normal possa ser.

Katerina, sempre blasé, olha para mim e solta um anel de fumaça.

— Soube que você surtar na loja.

— O quê? Como?

— Uri ligar. Ele é irmão mais velho protetor agora.

Uri parece envergonhado e assente, não acostumado ao papel.

— Tudo bem, Uri. Pode ir. Você foi muito bem. Seu pai teria orgulho de você.

— Meu pai nunca ter orgulho de mim.

Ok, aquilo veio meio que do nada, mas talvez todo o meu choro e hiperventilação nos trouxeram a este momento de confissão.

— Não, Uri. Isso não é verdade. Tenho certeza de que seu pai...

— Homens ter ciúmes de filho. Ele quer ser jovem como você.
— Este é o papo encorajador de Katerina. — É por isso que no mito grego filho mata pai.

— Ok. Chega da Colcha de Retalhos de Compaixão de Katerina.

Uri sorri para mim.

— O que é colcha de retalhos?

— É, tipo, essa coisa na qual todo mundo costura todos os seus pedaços de roupas velhas em quadrados ou triângulos ou outro formato e, então, vende no Etsy por um zilhão de dólares. É uma tradição americana. Como torta de maçã. Ou fogos de artifício.

— Fogos de artifício são chineses.

— Temos uma população bem diversificada.

Katerina apaga o cigarro e imediatamente acende outro.

— Ok, sabia que fumar faz mal a você?

— Você sabia que correr dois vezes por dia é mal para você?

— Espere. Não é, não. E, fato curioso, essas coisas *vão* matar você.

Ela sopra a fumaça em mim.

— E, ainda assim, todos nós morrer.

Uri olha para nós duas, uma espécie de amigável *détente*.

— Vocês duas dever fazer show juntas. Vão para vilarejo diferente. Fazer piadas.

— Como chamaria nosso show, Uri?

— Eu chamaria de *Doce ingênua & Ceifadora da morte - Ao Vivo*.

— Bem, até que tem um apelo.

Katerina sorri para mim, sabiamente. Posso notar que quer muito perguntar sobre meu novo *crush*, e eu desesperadamente quero ser uma garota e contar tudo a ela. Mas nenhuma das duas coisas é possível aqui.

Tudo o que é possível aqui é sorrir e soltar provocações, inalando fumaça dos outros em um quarto quimicamente duvidoso.

Mas não há nada de errado com isso, estou aprendendo.

Aqui, nós somos como fugitivos.

Escondendo-se das forças que serpentearam, abrindo caminho para nossas vidas — mas que, no final, não têm nada a ver conosco.

# 33

— Sim, ela é da FSB.

Estou na metade do parque Gorky quando Madden me conta. Correndo com meu Beats vermelho, como de costume.

— Tinha razão, Paige. Estrela dourada.

— Então, o que isso quer dizer? Meu disfarce foi para o espaço?

— Não. Definitivamente não.

— Então, é só, tipo, praxe? Todas as alunas de intercâmbio americanas ganham a própria sombra?

— Basicamente. Quero dizer, talvez não todas. Ela provavelmente tem diversas missões. No dormitório. A propósito, eu não ficaria surpreso se houvesse escutas em seu quarto. E câmeras.

— Eca. Sério?

— É, por isso mantenha as roupas no corpo. Não quer acabar se tornando uma sensação e viralizando, quer?

— Haha. Muito engraçado. Bem, o que devo fazer?

— Aja normalmente.

— E quanto a Raynes?

— Eu estava prestes a perguntar a mesma coisa.

— Estou, er, ganhando confiança.

— Tem certeza de que é o que está fazendo? Porque daqui parece que está tentando ficar noiva do sujeito.

— Nojento! Você e eu sabemos bem que não tenho *sentimentos*.

— Ótimo. Então, se apresse. Meus chefes já discutem encerrar a operação.

— O quê?! Está falando sério?

— Isso não é o jardim de infância, Paige.

— Mas...

— *Tudo* está em jogo. — Ele hesita, e vejo aquela fotografia de satélite granulada de meus pais. — Não me faça te demitir.

Ele desliga.

# 34

Não escuto o som como se tivesse alguma relação comigo. É algo como um cenário. Algo para outra pessoa. Ruído branco.

Estou quase chegando ao dormitório, prestes a entrar na trilha do parque Gorky até o rio. O sol começa a se pôr, não apenas no céu, mas na água também, tons poeirentos de cor-de-rosa, cobre, pêssego e as luzes de Moscou se acendendo, uma a uma. Primeiro este poste, depois aquele, depois aquele restaurante e, então, aquela luz lá em cima.

Mas o som continua a vir. Talvez até amplificado. Cada vez mais perto até eu perceber... Espere. Aquele som é para mim.

— Oláaaaaaaa, PAIGE... PAIge... Paige... paige...

Parece um eco. Meu nome, de algum lugar da trilha.

Quando me viro na direção do som, vem tudo de uma vez, a percepção do que é, como é, e de quem é.

Lá embaixo, flutuando bem a meu lado pelo rio Moscou... oh, Deus, há quanto tempo ele está ali? Em pé ali, no deque de um barquinho branco... é ele.

Sean Raynes. Em toda a autodepreciativa, meio boba, meio genial glória, o cabelo cor de ébano.

Ele sorri e, de alguma maneira, parece se iluminar por dentro quando o noto. Como se ficasse um pouquinho mais alto, soltando o ar, de alguma forma aliviado.

— Achei que nunca ia me ver. Estou parado aqui, gritando como um idiota há, tipo, um século.

— Oh, meu Deus. O que está acontecendo agora?

O barco se aproxima da margem, uma parede de calcário separando a água do caos da cidade. À frente, há uma escada para o leito do rio. Já vi pescadores ali de madrugada antes, os primeiros a acordar para içar um almoço.

— O que está acontecendo é que você vai descer aqueles degraus e entrar nesta coisa. Antes que eu seja preso por algum motivo.

— Assédio! Devia ser preso por assédio!

— Sério? Exagerei?

Quero gritar *NÃO! Eu me sinto adorada e mágica e como se estivesse em um filme!* Mas não é o que faço.

— Possivelmente — respondo.

E agora desço os degraus de pedra até a beirada do cintilante, mas poluído, rio Moscou. Não vou mentir para você, seja lá o que aqueles pescadores vêm pegar aqui de manhã... eu não comeria.

Então, o barco está próximo da margem e eu, cara a cara — bem, a cerca de 30 centímetros, mas perto o bastante — com Sean Raynes, persona internacional da intriga.

— E Oleg?

Percebo que o barco é capitaneado ou dirigido ou pilotado, ou seja lá como se diz, por um velho marinheiro que definitivamente não é Oleg. Este cara tem cabelo branco como marfim e mil rugas.

— É o que eu me perguntava. Mandaram este cara hoje. Talvez Oleg tenha se cansado de mim. — Ele leva as mãos dramaticamente até a cabeça. — Oh, não! Ele perdeu o interesse! E eu havia acabado de comprar um vestido novo!

E aquilo decididamente é um brilho de prazer em seus olhos.

— Não se preocupe. Talvez você e o novo cara deem certo.

Ambos olhamos para o cara novo e rimos. Ele é bem grisalho. Parece que já viu dias melhores.

Tento pular no barco, mas vem uma onda e, de repente, parece que, de fato, vou cair no vão entre os degraus de calcário e o barco, diretamente no gélido rio Moscou.

— Opa! — Ele estende o braço e me segura, pouco antes de eu quase cair na água, onde o barco provavelmente iria me esmagar contra a mureta e todos os meus problemas e obrigações teriam terminado.

O impulso nos empurra de volta para dentro do barco, onde podemos cair para trás, sentados no deque.

— Jesus!

Há uma pausa. Depois, Raynes começa a rir. Não o culpo, porque foi completamente ridículo.

— Somos uns idiotas — comento.

— Não somos, não. Somos entusiasmados marinheiros.

— A bordo! E lançar âncora!

— É essa sua imitação de um marinheiro entusiasmado? — Ele sorri para mim. Estamos sentados ali no deque, nos recuperando de nosso momento pastelão. Mas ele está bem a meu lado, inclinado para mim. Não muito próximo.

É o que parece.

Queria que estivesse mais próximo.

Queria que estivesse mais próximo do que milímetros. Queria que estivesse mais próximo do que eu mesma de mim.

Limpo a garganta.

— Acho que foi minha tentativa de imitar um pirata, talvez.

— Me sinto um pirata. Fugindo com meu tesouro!

— Espere. Eu sou o tesouro nessa metáfora?

Ele me olha. Aqueles malditos olhos. É como se guardassem um raio mortal alienígena destruidor de corações. Um segrego de estado.

— Sim.

É assim que deve ser.

Como se eu fosse leve e não houvesse nada me segurando, e o tempo não existisse. Como se o tempo nem tivesse sido inventado.

O barco começa a flutuar pelo rio, e, acima de nós, as luzes da Catedral de São Basílio se acendem, aqueles pináculos em forma de cebola contra o céu cor de lavanda.

E desejo que este barco continue flutuando pelo rio para sempre, passando pelo Volga, passando por Iaroslavl, pelas águas dos tsares até São Petersburgo, e de lá faríamos uma corrida louca para a Finlândia, e ninguém jamais descobriria onde estamos ou quem somos ou o que fizemos ou o que jamais quisemos fazer.

# 35

O rio Moscou flutua abaixo de nós enquanto Raynes e eu nos reclinamos para apreciar o céu e os suspiros no alto das igrejas, os topos dos prédios. É noite agora, uma lua crescente no céu acima, e as poucas estrelas que conseguimos ver.

— Olhe, lá está o Grande Carro. Viu?

Raynes assente, apreciando o cenário.

— E ali, ali está o cinturão de Órion! Viu? As três estrelas?

— E o que é aquilo lá, você sabe?

— Aquilo? Aquilo é o Colete de Lã de Órion.

Raynes olha para mim. E se aproxima.

— Que grande descoberta. Eu não fazia a mínima ideia de que existia o Colete de Lã de Órion.

— Ah, existe. Só é raro conseguir vê-lo. Tipo, você precisa estar em um barco, no rio Moscou, com alguém chamado Paige.

— Ah, graças a Deus eu descobri essa última parte.

Fico corada e tento manter tudo na brincadeira.

— Não. Sério. Graças a Deus eu descobri a última parte.

E é isso, senhoras e senhores, o momento que Sean Raynes, figura internacional do mistério, se aproxima mais e, de fato, me beija.

E o mundo para.

Quero dizer, tenho certeza de que continua rodando fora de nossas cabeças. Tenho certeza de que a Terra ainda gira e a lua ainda brilha e o rio ainda bate no casco de nosso barco. Tenho certeza de que o mundo de fato não parou de girar em seu eixo. Mas aqui. Aqui neste momento. Com este beijo, este beijo que continua durando, podíamos ser parte das constelações. Apenas nos leve para o meio de Andrômeda e Pégaso e Ursa Maior. Apenas nos deixe lá.

Para sempre.

# 36

Katerina ainda está acordada quando volto ao dormitório. Está lendo *Sula*, de Toni Morrison, sob a fraca claridade de uma luminária de mesa. *Minha* luminária.

— Espere. É minha luminária?

— Sim. Eu gosta.

— É um livro muito bom, a propósito.

— Sim, ser sobre amizade.

Ela diz isso de um jeito grave, e continua:

— Entre garotas.

Fico parada ali por um instante, sem saber o que dizer. Espere. Ela sabe que sou uma espiã? Estarei "acabada", como dizem em todo filme de Scorsese?

— Devia tentar *Song of Solomon*... é bom também — sugiro, tentando disfarçar.

— Talvez. — Ela fecha o livro. — Posso fazer pergunta?

— Sim, pode fazer pergunta.

— Está se apaixonando agora?

— O quê? Não! Não, claro que não. O que a fez achar isso? Por quem eu estaria me apaixonando?

Katerina contempla as paredes azuis descascadas por um tempo.

— Não tenho certeza. Talvez você me contar. Talvez a gente conversar como garotas.

— Sério? Podemos fazer uma luta de travesseiros depois?

— É isso que garotas americanas fazer?

— Definitivamente não. É só a ideia masculina do que garotas fazem. Mas não é baseado na realidade. Assim como tudo mais que a gente vê na mídia.

— Todas as americanas ser assim?

— Assim como?

— Como você. Contra sistema.

— Provavelmente mais do que você imaginaria.

— Quando eu pensar em garota americana, penso em coelhinhas.

— Pareço uma coelhinha para você, Katerina?

— Sim. E eu estou preocupada com você.

O brilho fraco da luminária é a única coisa iluminando nossa súbita revelação íntima. Eu acenderia as luzes do teto, mas elas acabam com qualquer clima.

— Preocupada *comigo*? Sério?

— Paige, você é boa garota dentro. Você é gentil. Mas isso é Rússia. Isso não é lugar para coelhinha.

Ela me analisa, tentando não dizer muita coisa.

— Talvez tenha perigo por aí e você nem perceber.

Isto foi um aviso. Porém protetor, não ameaçador.

— Katerina, não saí da maternidade ontem.

— Sair de quê?

— É uma expressão. Significa que alguém é ingênuo, ignorante.

— Mas por que maternidade?

— Não sei por que maternidade.

— Maternidade parece lugar bom para coelhinha.

Com aquilo, ela apaga minha luminária roubada e nos mergulha na escuridão.

# 37

Uri convidou Katerina e eu para almoçar. Para conhecermos seus pais. Na verdade, só o pai e a esposa troféu. Lembra dela, a rainha Elsa? O que não sei é que, apesar de jamais os ter conhecido, eles já me viram antes.

Estamos no barroco salão de jantar azul-celeste e dourado, com cadeiras Luís XIV brancas e uma gigantesca cúpula azul-Tiffany acima de nossas cabeças. Eu me esforço a fim de não parecer uma americana provinciana, e não passar o tempo inteiro olhando boquiaberta o lugar.

Agora, tenha em mente, nunca estive aqui e nunca encontrei essa gente. Você já os conheceu porque fui legal e mostrei aquele vídeo. Mas agora, neste ponto de nosso segredinho, eu, Paige Nolan, não faço ideia de quem essa gente seja nem o que estão aprontando. Sou como um cordeirinho inocente neste cenário. O que faz deste um cenário bem raro.

— Estar bem longe de casa, não?

O pai de Uri, também conhecido como Dimitri, também conhecido como maior chefão de Moscou, se dirige a euzinha aqui.

— Er, é, acho que sim.

— Sempre é *acho* com vocês americanos. Tudo é sempre *meio que, tipo...* nunca definitivo. Jamais forte.

— Acho que é só nossa maneira de ser educados, talvez?

— Sim, tão educados enquanto jogar bombas em criancinha. Desculpe. Enquanto vocês *meio que* jogar bombas em criancinha.

— Se está querendo que eu dê uma declaração positiva quanto a bombardear civis, confie em mim, chamou a pessoa errada para o almoço. Sou totalmente, completamente antiguerra, anti-imperialismo e uma pacifista acima de tudo. *Nam-myoho-renge-kyo.* É meu mantra budista. Mas, às vezes, digo meu mantra em aramaico. *Maranatha.* Que significa *vem, Senhor!* ou *o Senhor está vindo.* Realmente depende de como estou me sentindo no dia.

Dimitri absorve minha declaração.

Rainha Elsa sopra fumaça em minha cara.

— É isso que não entendo sobre os Estados Unidos! — solta Dimitri, de repente. — Vocês com governo que faz coisas horríveis, ou deixa coisas horríveis acontecer no mundo, em estado fantoche, em estado cachorrinho. Então, você conhecer pessoa dos Estados Unidos. E ela ser como cachorrinho.

Rainha Elsa sopra mais um trago em minha direção. Acho que não gosta de mim.

— A que você atribuir tal discrepância?

— Respeitavelmente, senhor, os americanos são boas pessoas.

Olhe só para mim. Sou praticamente Abigail Adams aqui! Nada como falarem mal de sua terra natal para fazer alguém erguer a velha bandeira vermelha, branca e azul.

— E o que boas pessoas achar do grande traidor Sean Raynes?

Isso foi estranho. Por que ele está tocando nesse assunto? Quero dizer, acho que ele é famoso e tudo...?

— Bem, eu o considero um herói. — Não revelo que também é meu quase namorado. — É apenas o sistema que o odeia.

— É claro. Ele mostrar ao mundo que eles são hipócritas.

— Bem, que conversa leve para acompanhar borsch — brinca Uri. Acho que está tentando me proteger. Que doce.

Damos todos uma risada forçada... e, então, acontece uma coisa estranha.

Do canto, ao lado de um enorme espelho dourado de chão a teto, vem um gigantesco som de vidro quebrando.

Todos à mesa, e quero dizer *todos*, se viram na direção do barulho, prontos para atacar. Dimitri. Katerina. Rainha do Gelo. E Subordinado. Que aponta sua arma. Para o ajudante de garçom.

Mas foi apenas um acidente. O ajudante deixou cair uma taça de vinho enquanto a limpava. O som ecoa até o alto do domo azul-celeste, reverberando de volta no cavernoso espaço.

O ajudante põe as mãos para o alto debilmente, apavorado.

— Desculpe...

Todos soltam um suspiro de alívio.

Sou incapaz de ignorar que Uri e eu fomos os únicos a *não* saltar. Interessante.

— Uau! Mesa nervosa. — Sorrio.

Dimitri sorri de volta, cortês, mas não parece ter achado realmente engraçado.

— Foi bom conhecer você, Paige América. E você também, Katerina. Vemos as duas em breve.

E, com isso, Dimitri, em toda a glória calva, se levanta brusca-
mente, seguido por Subordinado e rainha Elsa. Ela olha de volta para
mesa. Possivelmente com desdém.

Há uma demorada pausa enquanto Katerina, Uri e eu analisamos
aquela interação.

— Eles parecem legais.

É meu jeito de quebrar o gelo.

Katerina revira os olhos e começamos todos a rir.

— Ei, garçom que quase morrer por causa de vidro. Vem. Traz
vodca. E comida! — diz Uri ao ajudante de garçom.

O ajudante olha ao redor e sai apressado, presumivelmente para
buscar a tal vodca.

— Hum, Uri, por que seu pai quis nos conhecer, afinal? Quero dizer, não que não sejamos fabulosas e interessantes mulheres do mundo. Mas sério? Por quê? Foi meio estranho. Ele só ficou falando mal da
América. Nós nem comemos!

— Talvez ele estar escrevendo livro. — Katerina dá um sorriso
irônico.

— Você nasceu com esse sorriso irônico no rosto? — brinco. —
Tipo, quando veio ao mundo, você simplesmente ironizou os médicos
e pediu um cigarro?

— Talvez. Eu perguntar a meu mãe.

Sim, sei que Katerina é uma espiã. E, para ser sincera, meio que
fico ressentida por ela fingir ser minha amiga. Mas não posso demons-
trar. A melhor maneira de disfarçar é agir normalmente. Tanto faz
como tanto fez.

O ajudante de garçom volta com uma garrafa de vodca e três co-
pinhos de *shot*.

— Não, não. Você também tomar um — ordena Uri ao jovem.

— Eu insistir. Não é todo dia que você largar taça de vinho e quase morrer.

Uri é basicamente o oposto do pai, posso ver.

O jovem sorri e pega um copo, grato.

Uri o observa beber o *shot* e baixar o copo.

Silêncio.

— Isso foi copo de veneno.

O ajudante de garçom fica branco.

— Eu brincar! Brincadeira!

O garoto solta um suspiro de alívio. Uri e Katerina riem alto, largas e indecentes gargalhadas.

Katerina se volta para mim.

— Viu, Paige América? Russos são pessoas boas também.

# 38

Quem arranjou o pequeno *pied-à-terre* de Raynes em Moscou, presumo ser alguém que não quer que ele vá embora. Quero dizer, é espetacular. Fica no topo de um arranha-céu de vidro extremamente moderno e tem uma piscina. Não tipo Ah, *tem uma piscina para a qual você desce e divide com todo mundo*. Não, tem uma piscina no terraço. No terraço *dele*. Sim. Uma piscina infinita particular no terraço que, tipo, se você está nadando ali, parece apenas nadar até o céu.

Não posso com isso.

No momento, Raynes e eu estamos sentados na beira da piscina, debaixo de um aquecedor de pátio ligado no máximo, comendo sushi e bebendo saquê quente. Aparentemente a piscina é aquecida, caso esteja pensando em dar um mergulho. Mas é refrescante. Lembre-se, estamos no décimo quarto andar.

Não se preocupe. Oleg está lá dentro na bancada da cozinha, sentado, como um inseto rabugento em um cogumelo venenoso.

— Jamais imaginaria você em um lugar desses.

— Nem eu. — Raynes parece envergonhado. — Não tive muita escolha, na verdade.

Uma brisa sopra pelo terraço.

— É muito ruim?

— O quê?

— Seu cativeiro meio que superglamoroso.

— É surreal. Quero dizer. Não me mandam de volta. Porque Putin gosta muito de humilhar a América. E não me matam. Por dois motivos. Número um, isso se tornaria um incidente internacional entre os Estados Unidos e a Rússia. Uma nova Guerra Fria. Nada bom. E número dois... eles sabem que tenho mais informações. Talvez algo que eles queiram. Talvez algo que possam usar contra os Estados Unidos. Se eu morrer, jamais vão descobrir o que é.

— Uau! — exclamo, como se fosse uma grande novidade para mim. — Não sendo, tipo, macabra, mas... eles não poderiam obter sejam lá quais informações torturando você? Sinta-se à vontade para me mandar calar a boca, a propósito.

— Não, é uma boa pergunta. Mais uma vez, há dois motivos. Um, seria mais um incidente internacional, e dois... — Ele hesita, olha ao redor e abaixa a voz. — O que eu tenho, se me matarem, vai vazar assim mesmo. Na verdade, criei um programa que se autoinicia se me matarem. Ou se qualquer pessoa me matar. E, é claro, eles sabem disso também.

— Ah! Então é *por isso* que ainda está vivo. Bem, fico feliz em saber. Sempre preferi passar tempo com pessoas vivas.

Brindamos com os copos de saquê, um brinde meio despreocupado, e penso por um instante.

**233**

— Espere. Eles não têm como hackear você? Quero dizer, aposto que eles têm os melhores caras tentando hackear tudo pelo que você remotamente já demonstrou interesse. Tentando descobrir onde está escondendo?

— Isso é o que *eles* acham, não é?

Ok, preciso parar antes que ele comece a desconfiar.

Mas não resisto a uma última perguntinha:

— Então você tem?

— O quê?

— Você sabe, informações adicionais? Coisas que alguém realmente gostaria de ter?

Ele sorri.

— Nem queira saber.

Oleg liga a TV do apartamento.

Estreito o olhar para Raynes.

— Estou com vontade de jogar você na piscina agora.

— Você nunca me jogaria na piscina agora.

— Por que, acha que Oleg pularia nela e me jogaria para fora do prédio?

— Talvez. Ele é muito possessivo.

Eu me levanto para dar uma espiada em Oleg. Ele parece assistir a algum tipo de filme de roubo. Raynes e eu ficamos lado a lado, observando-o.

— Acha que ele ressente este trabalho? Vigiar você?

— Não consigo identificar. Ele é impenetrável. É como falar com um prédio.

E, então, eu o empurro.

Sim! Senhoras e senhores, Paige Nolan acaba de empurrar o inimigo público número um na piscina. De roupa e tudo.

Só há um problema.

Quando está prestes a cair de costas, ele estende o braço e agarra minha manga, que puxa meu braço, e, então, naturalmente, me leva junto para a piscina aquecida (graças a Deus, aquecida!). No décimo quarto andar. Em um arranha-céu de Moscou. As luzes da cidade ao redor.

— Seu satanista! — Jogo água em Sean.

— Sua megera! — Agora é a vez dele.

— Seu patife! — Agora eu.

— Sua maldita!! — Estamos nos molhando, como criancinhas de 5 anos, e, quando olhamos para o alto, Oleg nos encara com raiva da beira da piscina.

Por que me sinto pega no flagra?

— Está tudo bem, Oleg! Só nos *refrescando!*

Eu rio da última parte. Tão nerd.

Oleg não se diverte.

Ele volta à sala de estar, desconcertado.

— Ele gosta mesmo de interagir com os outros, né? — sussurro para Raynes.

Mas não importa o que eu disse porque Raynes acaba de me atacar. Com a boca.

Debaixo das estrelas e das luzes de Moscou.

É o melhor ataque.

# 39

Ok, flagrada.

Passei a noite na cobertura.

Olhe, não me julgue. Não estou totalmente maravilhada por um certo alguém que permanecerá inominado, e sim fazendo um serviço a meu país. Estou me *sacrificando* aqui, ok?

E não. Não vou contar a você os detalhes sórdidos.

Pervertido.

Tudo o que direi é... Quando penso nessa noite, até agora e provavelmente para sempre, terei que interromper o que estiver fazendo e ficar imóvel, recuperando o fôlego para tentar me recompor.

Então, é tudo o que você vai saber.

Desista.

São umas quatro da manhã, e estou aperfeiçoando minha caminhada da vergonha na ponta dos pés quando noto uma cópia de O *pássaro pintado* na estante.

Ei! É meio que legal. Nosso livro! É nosso livro! É um sinal!

Então, olho mais de perto e percebo alguma coisa dentro do livro, a ponta para fora. Como um cartão-postal ou uma fotografia ou um recibo.

Ando na ponta dos pés, tentando não acordar Raynes, e cuidadosamente pego o livro para olhar a foto. Não é um cartão-postal, afinal — é apenas um *print* de uma tela. Posso ver a barra de ferramentas acima da foto.

Estranho.

A foto é de uma pequena estrutura redonda de barro, com uma porta de madeira, uma gigantesca formação rochosa vermelha do tamanho de um prédio ao fundo, e um vasto céu de pôr do sol no deserto. Tudo na foto irradia um tom rosado. Cintilante.

— Hum. O que está fazendo?

Ops.

Flagrada.

Realmente não queria acordá-lo, mas agora lá está ele, em toda a sua desgrenhada glória capilar, apertando os olhos em minha direção.

— Ah, er... sinto muito, só vi essa cópia de O *pássaro pintado*, e, quando a peguei, isto caiu de dentro.

Então, basicamente eu estava xeretando.

Ugh. Sinto muito.

— Ah, é. Legal, obrigado. — Ele pega a foto de minha mão *bem* rápido. Como se a estivesse recuperando.

— Que foto linda...

Estou tentando aliviar a tensão. Não parece funcionar nem um pouco.

— Ah. É. Obrigado.

Ok, isso é muito ruim. Ele parece... irritado?

— Por que está indo embora tão cedo? Não quer ficar? Posso fazer ovos para você ou algo assim.

Espere. É *por isso* que ele está irritado? Porque achou que eu ia sair de fininho? Não é por causa da parte de xeretar?

— Eu... eu não...

— Eu honestamente acho meio rude de sua parte ir embora assim. Nem se despediu nem nada.

Ah.

Ok.

Francamente, tenho certeza de que meus solteiros ficavam aliviados por meu truque de desaparecimento. Não desapontados.

Isso é novidade.

— Acho que só pensei como seria melhor não ter uma conversa constrangedora e me sentir idiota e insegura.

— Vem cá. Vamos ter uma conversa constrangedora e nos sentirmos idiotas e inseguros *juntos*. Que tal?

— Isso é, tipo, uma exigência, tipo uma espécie de exigência eu--sou-o-homem-então-eu-decido?

— Não, é uma exigência tipo, por-favor-não-vá-embora. Não quero que vá.

— Ah. Tudo bem, então não vou.

Ele abre um sorriso, como um garotinho que acaba de ver seus presentes de Natal.

— Legal. Agora como você gosta de seus ovos?

— Como eu.

— Mexidos?

Eu lhe dou um tapinha.

— Eu ia dizer estrelados.

Mas mexidos... jamais uma palavra foi tão adequada.

# 40

Estou a dois passos de casa após minha caminhada da vergonha quando me dou conta.

Madden está meio dormindo quando o chamo pela conexão através dos fones Beats vermelhos.

— Fale.

— Preciso de uma passagem de volta para os Estados Unidos.

— O quê? Por quê?

— Acho que sei onde Raynes guarda seja lá o que ele tem.

Ele boceja.

— Ok, tudo bem. Mas é melhor estar certa.

— Estou. Estou certa. Sei que estou certa.

De repente, a foto de meus pais surge em minha mente, ali naquele complexo empoeirado no meio de Deus sabe onde.

Preciso estar certa.

Vou estar certa.

# 41

Levo cerca de um dia para chegar, com o avião, depois o segundo avião, que é o avião menor, então o carro, que é alugado.

Tento ao máximo, durante o demorado translado, não pensar na possibilidade de não ter ideia do que estou fazendo.

Sejamos honestos. Basicamente só tenho um palpite.

Mas é o seguinte:

Tenho sentimentos por Raynes. Por mais que odeie isso. Por mais que preferisse não admitir. Há alguma coisa ali. Uma *conexão*, como se o conhecesse há muito mais tempo do que conheço. Como se tivéssemos nos conhecido antes, ou algo assim. Como se estivéssemos nos reencontrando.

E talvez tenha sido há cem anos ou mil anos ou nunca. Talvez seja bobeira minha. Mas sinto que o conheço, o que há dentro de Raynes, o que o enerva. Porque eu me conheço. O que há dentro de mim. O que me mexe comigo. E tenho certeza de que é a mesma coisa.

Por isso acho que estou certa.

Sobre meu palpite.

Ele contou aquela história sobre os Navajo, lembra? Sobre Fortress Rock? Significa alguma coisa para ele. Os Navajo. Sua rebelião. A recusa em se render ao apagar da luz. Eles não fizeram o que se supunha. O que o exército queria. O que os Estados Unidos queriam que tivessem feito.

Meio que como ele.

E, no final, eles se vingaram.

Eles venceram.

Eles estavam certos.

Eram inimigos que, depois de um tempo, foram homenageados como heróis.

A segunda coisa é a seguinte: Raynes agiu nitidamente de modo diferente de Raynes, de forma artificial, e até meio assustado, quando me viu olhando aquela foto. O *print*. Para falar a verdade, ele perdeu o controle. E ergueu uma muralha. Foi rápido. Ele se recuperou. Mas, no começo, ficou na defensiva. Defendia alguma coisa.

E acho que sei o quê.

Demorei um tempo, usando a magia da internet, para descobrir o que exatamente eu procurava naquela foto.

E, sim, quando ele foi para outro cômodo, peguei meu telefone e tirei uma foto da foto. Agora tenho um *print* de um *print*. Muito meta.

Então, aquela construção redonda de barro na foto, segundo o interbot, é uma "habitação redonda; com ou sem colunas internas; paredes de madeira ou de pedra e com quantidades variadas de terra, ou um telhado de casca de árvore como abrigo, a porta voltada para o leste, em boas-vindas ao sol nascente para riqueza e boa sorte".

Chama-se *hogan*.

E é a principal habitação tradicional de uma tribo.

Eles se intitulam *Diné*.

Mas há um nome que nós, homens brancos, demos a eles...

que é...

os Navajo.

# 42

Monument Valley Navajo Tribal Park.

É ali que está. Aquela enorme construção vermelha subindo do chão, despontando pela meseta. É em Mountain Valley. É tão distinto, subindo da terra com um pináculo mais fino na lateral, que tem um nome. Monte West Mitten, o monte Meia-luva.

Faz sentido.

Parece mesmo uma meia-luva.

Este é um daqueles lugares onde você chega e não entende como foi burro de não o ter visitado antes. A luminosidade cor-de-rosa das rochas vermelhas e mesetas, o céu azul-celeste brilhante, como se tivesse sido pintado, tudo aquilo faz você acreditar na existência de um Deus. Simplesmente precisa haver um. Para criar isso.

Seja lá onde fica o *hogan* navajo, monte West Mitten, a rocha da foto, está em algum lugar ali atrás. Provavelmente bem longe a julgar pelo tamanho. A boa notícia é que não há muitas estradas. A má é que não há garantia de que o *hogan* fique perto de uma estrada. É como procurar uma agulha em um palheiro. O lugar é ainda maior do que parecia na foto.

Não que eu me importe.

Este é o exato oposto de um clube de jantar *underground* em Moscou. É vasto, estonteante e não há ninguém por perto. E não é só isso. Há mais alguma coisa aqui também. Quase como um espírito. Você sente alguém observando, mas não de um jeito assustador. Sente que tem alguma coisa no ar, uma espécie de gentileza, envolvendo você.

Não entendo.

Realmente não entendo. Mas posso ver por que aqui é terra sagrada. Por que é um lugar especial para os navajo, por que é considerada o coração da Terra. Santificada.

Este é o lugar onde Raynes guardou sua carta na manga. Consigo sentir.

Se eu olhar para este *print*, há apenas um monte no fundo. Mas, quando olho no mapa, há dois nos arredores, formando uma espécie de triângulo. Monte East Mitten e monte de Merrick. Nenhum está na foto. Mas, a julgar por onde o único pináculo se ergue da rocha, o dedo da luva, e sabendo que a porta do *hogan* deve estar voltada para o leste, posso me aproximar de onde o fatídico lugar deve estar. E não é perto de nenhuma estrada.

Que bom que eu trouxe água.

Se eu não voltar até o pôr do sol, pode espalhar minhas cinzas aqui. Promete?

# 43

Demoro cerca de quatro horas, fora da trilha, para encontrar.

Ali, essencialmente escondido, camuflado contra a meseta, está o *hogan* abandonado. Não há nada por quilômetros. Nem um abrigo, nem outra habitação, nem um ser humano. Apenas esta estrutura, com uma porta de madeira voltada para o leste.

Graças a Deus é outono, senão tenho certeza de que eu não teria conseguido. E, assim, está fazendo a temperatura perfeita, amena e arejada, para que eu não morra depois de uma caminhada de quatro horas.

Fico parada ali por um momento, absorvendo tudo, uma brisa sopra sobre a meseta.

De repente, me sinto uma invasora. Como se violasse este espaço sagrado, nesta terra sagrada, onde não há nada da minha conta.

Olho para céu.

— Sinto muito.

Não sei exatamente com quem estou falando — talvez com o vento. Mas, independentemente, sinto que preciso ter algum respeito. Neste lugar. Neste lugar que está me observando.

**245**

Eu me aproximo com reverência e cautela. Afinal, esta é a cidade das cascavéis. Central dos escorpiões. Empurro a porta, e ela se abre. Nenhuma mordida nem picada. Ainda.

Se você nunca entrou em um *hogan*, vou lhe dar uma pista. É meio como estar dentro de uma cesta de vime de cabeça para baixo. Todo o interior é uma série de troncos finos retangulares, posicionados de maneira complexa a fim de manter o lugar em pé. E, então, a parte do barro fica por fora disso. E... lá dentro, é realmente muito bonito. Você nunca imaginaria que seria assim. Coloque alguns tapetes, e você poderia anunciar o lugar no Airbnb a trezentos dólares por noite. SEU PRÓPRIO HOGAN NAVAJO EM MONUMENT VALLEY!! ESQUEÇA TODOS OS SEUS PROBLEMAS!!

Sim, tudo em maiúscula.

Demoro só umas três horas para vasculhar cada milímetro de cada centímetro de cada pedaço de madeira, galho, terra e algumas aranhas aqui.

Três horas e adivinhe o que encontro.

Isso aí.

Nada.

Nadinha.

Zero.

Deus, sou tão perdedora. O que está acontecendo agora é que meio que bato minha cabeça repetidas vezes contra a parede do *hogan*.

— Idiota. Sou uma idiota. Por que sou tão idiota?

O que eu estava pensando? Que *entendo* Raynes? Que Raynes se importa com o povo navajo? Eu o conheço há, tipo, seis semanas. Que diabos eu sei? Fiquei maluca?

A pior parte é Madden.

Vou precisar contar a ele como sou uma droga.

*Ei, lembra aquele palpite que segui aleatoriamente, e fez você me mandar em uma jornada espiritual de emergência de Moscou até Monument Valley que deve ter custado uns bons trocados? Bem, eu meio que estava errada quanto a tudo. Sinto muito.*

Ugh.

Bato a cabeça contra o *hogan* com um pouco de força demais.

Ai. Jesus. Como sou iludida.

Estou exausta e exasperada e humilhada. Permito-me um tempo para deitar no chão e admitir a derrota.

Fracassei.

Eu fracassei.

# 44

Vinte minutos mais tarde, meu coração salta.

Simples assim.

Ele salta, e levanto e saio porta afora.

Pego a foto, o *print* do *print*, de meu bolso e começo a caminhar.

São uns 60 metros até o ponto do qual a foto foi tirada.

Eu me viro e seguro a foto no alto.

Ando para trás.

Um pouco mais para trás...

Aqui.

Aqui. É isso.

Vê isso? Bem aqui, bem aqui neste lugar? Se eu seguro a foto no alto, é aqui. O exato lugar de onde a foto foi tirada. O ponto de vista da foto, se preferir. E você vai preferir.

Sem saber o que estou fazendo nem por quê, simplesmente começo a cavar. Bem debaixo de meus pés, sem parar, sem enrolar, simplesmente cavando fundo.

Está ficando mais difícil, então uso um galho e uma espécie de pedra pontuda e o que mais encontro para continuar. Não pergunto por que, apenas me jogo naquilo, possuída.

Após uns vinte minutos, bato em alguma coisa.

Paro.

Coloco a pedra de lado, olho para o meio da terra, estreito os olhos.

Tiro a terra de cima de seja lá o que está ali.

Pode ser uma rocha.

Talvez até mesmo um osso.

Quem sabe?

Mas, quando termino de espanar a terra, eu percebo.

Nenhum dos dois.

Não, não.

Senhoras e senhores, é um...

Um muito antigo, nativo americano... pen drive.

# 45

Você já viu uma garota, dançando sozinha, no meio de Monument Valley, ao lado de um *hogan*? Eu também não. Mas é o que estou fazendo. Me sacudindo. E pulando. Pulando muito.

— Eu consegui! Eu consegui! IIIIIIISSSSSO! Isso aí! Sim sim sim sim sim!

E agora caio de joelhos.

— Obrigada. Obrigada obrigada obrigada. Seja lá quem ou o que tenha feito isso. Obrigada.

Estou feliz, animada, eufórica e todas essas palavras que descrevem algo jamais sentido realmente. Estou fora de mim. Ou acima de mim ou algo assim.

E sinto meus pés sendo levantados um metro do solo.

E continuo me sentindo assim por cerca de dois minutos.

Dois minutos de puro êxtase até eu ser derrubada no chão.

Literalmente.

# 46

Sabe aqueles desenhos animados antigos, da época de *Looney Tunes*, quando alguém levava uma pancada na cabeça e escutava pássaros piando e via estrelas circulando ao redor da própria cabeça? Nunca entendi realmente aquilo. Até agora.

Porque *eu estou* ouvindo passarinhos e vendo estrelas em volta de meu crânio.

Alguma coisa, ou *alguém*, me bateu com bastante força.

Eu nem vi como aconteceu.

Realmente não vi.

Quando finalmente volto a ter consciência e foco, percebo que encaro um céu azul-claro sem nuvens. Por um instante penso: será que estou no paraíso? Então me lembro de que não, não estou no paraíso. Estou em Monument Valley.

Perto.

A meu redor não escuto nada.

Os passarinhos finalmente se calam.

Eu me sento, espano a terra do corpo e tento me ambientar.

Ok.

Eu *tinha* alguma coisa.

Havia uma coisa que eu tinha.

Eu estava procurando a tal coisa.

O que era mesmo?

Estava bem aqui.

Ah, é.

O pen drive!

Oh, Deus.

Perdi o pen drive!

Espere, não. Eu não perdi o pen drive. Não foi isso que aconteceu. Alguém pegou o pen drive. Alguém acertou minha cabeça e levou o pen drive.

Aqui mesmo.

No meio do nada.

Olho ao redor. Não há nada a quilômetros de distância da meseta. E agora para o leste. Nada por quilômetros. Oeste?

Nada.

Exceto.

Espere.

O que é aquilo?

Ali. Está vendo?

No horizonte. Estou vendo. Uma silhueta. Uma pessoa. Uma pessoa caminhando. Nem correndo nem nada. Mas caminhando bem rápido. Posso ver a poeira vermelha subindo em seu rastro.

E não consigo identificar quem é.

Está longe demais.

Na metade do caminho da meseta até a estrada.

Na metade do caminho entre monte East Mitten e monte de Merrick.

Bem, acho melhor eu fazer alguma coisa em relação a isso.

Suspiro.

Acho que minha dancinha da vitória foi precipitada.

Percorro hiperventilando — porque jamais corri tão rápido em toda a vida — um terço do caminho até a estrada, o sol subindo do outro lado da meseta, quando percebo que a silhueta se afastando de mim, a silhueta que me seguiu de Timbuctu até o meio do nada, a silhueta que me nocauteou e pegou o pen drive e planeja levá-lo sabe Deus onde é...

Katerina.

# 47

Sei que você acha que meu status de superespiã internacional me fará pegar a pistola de laser supersônica e duplamente secreta, e pulverizar Katerina em moléculas.

E eu gostaria de dizer que é exatamente o que faço.

Mas não é.

Quando Katerina me percebe correndo em sua direção quatro vezes mais rápido que o habitual, ela já está quase na estrada principal. E, claro, dispara também.

Não sei o quanto ela é veloz, mas, se seus golpes de caratê servem de indicação, ela é mais rápida que eu.

Então, faço o que qualquer pessoa sendo ultrapassada faria.

Jogo uma pedra em sua cabeça.

Eu sei, eu sei.

Alta tecnologia.

Mas funciona.

Toda aquela prática de arco e flecha em minha supersecreta escola de espiões até que funcionou. Jamais imaginei atingir um alvo em movimento de tão longe assim. Resolvo não revelar a Madden seu efeito positivo em minha vida.

Mas o desespero pode ter me ajudado aqui.

E a adrenalina — isso pode ter ajudado também.

Katerina cai, e aposto que é ela quem ouve passarinhos agora.

Disparo em sua direção, esperando que não se recupere a tempo porque, se ela se levantar, estou ferrada pra KCT. Lembre-se, ela é faixa Estrela da Morte. Provavelmente já treinava caratê na creche.

Quando a alcanço, ela ainda está caída. Mas não morta, graças aos deuses. Está só meio que se revirando no chão. Acho que a pedra a atingiu com bastante força.

— Desculpe. Sinto muito, muito mesmo.

Tiro o pen drive de seu bolso.

Ela vira a cabeça em minha direção. Estreitando os olhos contra o sol atrás de mim.

— Paige América. Não poder me largar aqui.

— Tudo bem. Vou ligar para a emergência. E, a propósito, como, diabos, você que me achou?

— Eu rastrear fones de ouvido.

— Oh, Deus, está falando sério? Sabia sobre os fones? Ok, fique aqui. Não me faça atirar mais pedras em você.

— Não consigo enxergar.

— Tudo bem. Tudo bem, vamos conseguir dar um jeito nisso. Temos os melhores hospitais do mundo. A propósito, tem seguro de saúde?

— Está brincando.

— Ok, pensaremos nisso quando chegar a hora. Preciso ir.

Estou a cinco passos de distância antes de dar meia-volta e caminhar até ela novamente.

— Aqui. Tome minha água. É importante se hidratar.

Ela concorda com a cabeça, ainda delirando, e corro na direção do carro.

Já passei por parte do monte de Merrick quando ligo para a emergência e jogo meus fones vermelhos da Beats pela janela.

# 48

A revigorante sensação de liberdade após cortar o cordão umbilical e arremessar meu fone Beats vermelho dura bem pouco.

Tipo humilhantemente pouco.

Este lugar, o Dover Motel, não difere muito do motel de *Psicose*, mas exibe um pouco mais de charme e brilho. A placa em néon acima do toldo tem uma letra que não para de piscar. Dover Motel. Over Motel. Dover Motel. Over Motel. Vezes e mais vezes, até a empoeirada e transcendente eternidade do deserto.

Não há cartões-chave aqui. É apenas uma antiquada chave prateada, em um chaveiro de plástico verde. Velha guarda.

Exceto... acho que isso facilita bastante alguém arrombar o quarto.

Por que, está se perguntando?

Ah, porque Madden está sentado bem ali no edredom de flores azuis e vermelhas quando abro a porta.

Na parede atrás dele, há um quadro... um coiote uivando para a lua.

# 49

— Lugarzinho maneiro.

— Achei legal, de um jeito meio irônico.

— Achei legal, de um jeito meio cheio de pulgas.

— Na verdade estou pensando em perguntar a eles se posso comprar esse quadro atrás de você. O do coiote.

— Sério? Gostaria de pendurá-lo ao lado de sua preciosa obra de cachorros jogando pôquer?

— Não tenho cachorros jogando pôquer. Isso seria óbvio demais.

— Naturalmente.

— Aposto que está se perguntando se salvei o mundo ou se falhei completamente em minha primeira missão como superespiã internacional.

— Estou, de fato, me perguntando isso.

— Quase sinto vontade de te fazer esperar, já que sua ansiedade é óbvia.

— Estou ansioso.

— Muito ou demais?

— Muito engraçado. Agora, Paige, sei que isso tudo é muito emocionante, estar em uma posição de poder e tudo mais... porém o tempo é fundamental, e o único motivo de eu estar plantado aqui, no meio deste quarto infestado de piolhos, é...

— Para confessar seu amor por mim?

— Paige. Qual é?

— Ok, ok. Feche os olhos. Estão fechados? Agora... estenda a mão... não olhe. Pronto. Aí. Agora abra.

Madden abre os olhos e vê o pen drive sujo de terra na palma da mão.

Todo o seu rosto se ilumina em descrença.

— Não.

— Sim.

— Não pode ser.

— Sim, pode sim. Encontrei! Eu descobri! Porque... usei meus sentidos de aranha.

— Ok, Paige. O que há aqui?

— Eu não sei! Precisamos conectá-lo.

Faço menção de pegar meu laptop, mas Madden me impede.

— Não! Não podemos fazer isso aqui. Está maluca?

— Maluca?

— Sim! Não é uma boa ideia abrir o pen drive de um conhecido superhacker, gênio da informática, inimigo público número um, em um motel, em servidor aberto.

— Ah. Certo.

— Deixe-o comigo. Eu cuido disso.

— Ok, mas cabe a você me manter informada, considerando que achei o pen drive no que julgo ter sido uma percepção extraordinária, possivelmente de proporções extraterrestres.

— Então, agora você é um alienígena? Honestamente, Paige. Eu não ficaria surpreso.

— Além disso, alguém, provavelmente um espião da FSB, me seguiu até aqui, me seguiu até o meio do deserto, me derrubou e tentou fugir com o pen drive.

Madden parece realmente surpreso.

Não, não conto a ele que foi Katerina. E não sei por quê. Vou tentar entender essa parte de minha personalidade desequilibrada mais tarde.

— Como encontraram você?

— Quem vai saber?! *Provavelmente* aqueles fones vermelhos Beats idiotas que você me deu. Quero dizer, podem tê-los rastreado? Tem sorte de eu ser tão astuta em alcançar o tal espião da FSB, derrotar o tal espião da FSB e voltar para buscar o pen drive.

— E exatamente como você *derrotou* o tal espião da FSB, Paige?

— É complicado demais até para você entender.

Não conto a ele que foi atirando uma pedra. Simplesmente dou de ombros. O retrato vivo da humildade.

— Bem, não importa. Bom trabalho, Paige. Mas devia trocar de hotel. Não apenas porque este lugar está cheio de vermes, mas também porque, seja lá quem eles sejam, provavelmente também sabem que está aqui. Na verdade, provavelmente estão vindo para cá neste exato momento. E por isso estou indo embora.

— Que bom. Eu estava ficando meio desconfortável com você sentado aí na cama esse tempo todo. Já viu o que encontram nesses edredons com aquela luz especial do CSI? Aterrorizante.

Madden se levanta.

— Bem, como sempre, foi estranho te ver.

Ele caminha na direção da porta.

— Não esqueça, mude de motel. Na verdade, tente um hotel. Honestamente, você merece. A gente paga a conta.

— Sério? Posso acrescentar, tipo, um tratamento de spa?

— Não abuse da sorte.

— Perguntar não ofende.

Então ele atira alguma coisa na cama.

— A propósito, ficou famosa.

Ele sai, me deixando com o *Moscow Times*. Ali. No final da página. Uma fotografia de Raynes e eu caminhando às margens do rio, nos entreolhando melosamente. Aparentando estar bastante apaixonados. Parece que Oleg foi cortado da foto. A manchete diz "Um Affair Americano". Nada mal, mas acho que podiam ter criado algo mais dramático. Eu teria optado por "Uma Americana em Moscou" ou "Amor na Praça Vermelha", ou talvez "Noites do Kremlin: Ame rápido, morra jovem". Abaixo da tal manchete sem sal há uma história sobre Paige Nolan, aluna de intercâmbio americana e namoradinha do mundialmente renomado espertinho da CIA, Sean Raynes.

Isso me enche de alegria, confusão, orgulho, insegurança, vergonha, afeto e medo. Esses sentimentos simplesmente ficam girando ao redor de meu cérebro pelas cinco horas seguintes, no rastro trilhado pelo pio dos pássaros, cada um aparecendo de diferentes formas para me levar a uma espécie de roda gigante de emoções.

Ah, que sensação!

# 50

O lugar é chique. Não chique do tipo ei-todos-nós-nascemos-em--berço-de-ouro. Não, não. Chique, tipo, somos-tão-ricos-que-somos--boêmios. Então, mesmo a trezentos dólares a noite em um quarto *standard*, há todo tipo de tapetes navajo e objetos de decoração místicos em cada pedacinho de cada canto. Por exemplo, acima da cama há um caçador de sonhos. Eu me pergunto se ele vai caçar os sonhos em que Gael García Bernal se descobre apaixonado por mim.

No momento, eu me encontro em uma banheira de arenito com espuma de banho de eucalipto borbulhando até as sobrancelhas. Esta é minha maneira favorita de viver. Fantasio meu desaparecimento debaixo d'água, e o subsequente ressurgimento no mar. Todos os meus amigos serão criaturas marinhas com personalidades baseadas em suas espécies. Meu amigo siri será sempre irritável; meu amigo tubarão, sempre dissimulado. Meu BFF golfinho sempre tentará me arrastar para brincadeiras e artimanhas. Seremos felizes lá no fundo do mar. Vamos cantar e brincar nos recifes de corais. E, de vez em quando, uma família de baleias migratórias passará por nós, e vamos parar e escutar suas sérias e belas canções de cetáceo. Vamos expulsar os humanos. Sempre que houver humanos ou barcos perto de nós, vamos chamá-los de "pés chatos" e nos esconder e rir e gozar de sua cara. Que vida levaremos no fundo do mar!

Mas meu telefone toca e tudo aquilo desaparece.

Adeus, criaturas do mar — fizemos um bom time!

É Madden.

— O quê?

— Me encontre no saguão.

— Não posso. Estou na banheira sonhando acordada.

— Paige, desça para o saguão.

— Meu nome marinho será Dona Lagosta.

— Paige!

— Ok, está bem.

É engraçado, este momento. Não percebi na hora. Mas este momento aqui na banheira, fantasiando a respeito de uma vida no fundo do oceano, foi meio que minha maneira de terminar isso. Essa aventura de espionagem. Todos voltem ao que faziam. Está tudo bem. Acabou. Fim.

O que significa: estou completamente iludida.

# 51

O bar do hotel com tema de deserto é bem genérico. Muito tom terroso e até algumas fontes de seixos multicoloridos. Mas há uma parede de janelas com vista para Monument Valley ao longe, então é isso que vale.

Madden está sentado numa mesa para dois, com uma cara de poucos amigos.

(É uma expressão de quando trabalhei como garçonete.)

(Durante uma semana.)

(Sim, me demitiram.)

(Eu não lembrava dos pedidos de ninguém porque, bem, porque não me importava.)

— A propósito, se tem interesse em joias com turquesa, visite a loja de suvenires do hotel; suas ofertas consistem quase inteiramente de joias com turquesa. E velas com cheiro de cedro.

— Paige. Sente-se.

Ele nem sequer sorri.

Geralmente consigo pelo menos o esboço de um sorriso.

— O quê?

— Tenho notícias a dar, e provavelmente serão difíceis de ouvir, mas espero que não faça uma cena.

— Fazer uma cena? O que, está terminando comigo?

— Paige. Isto é sério.

Ele suspira e olha ao longe, pela janela de vidro, para as formações de rocha vermelha, dispostas como dominós.

— O pen drive. O que você encontrou tão notavelmente... é uma lista.

— Uma lista?

— Sim. Uma lista de nomes. De agentes da RAITH. Todos eles, no mundo todo, em mais de cem países diferentes, alguns deles extremamente hostis a nós.

— O que quer dizer?

— É este o plano dele. Raynes. Divulgar a lista.

— Espere. O quê? Por quê? Por que ele faria isso?

— Achamos que ele acredita que a RAITH, com todos os seus agentes civis secretos e independência do Congresso, é uma violação da Constituição. Ele acredita que a natureza não autorizada da RAITH é uma ameaça à democracia, operando ainda mais secretamente e encoberta que a CIA e o FBI. Por isso.

— Então, espere, quantas pessoas há na lista?

— Milhares.

Isso não faz sentido. Raynes é *fã de Elliott Smith*. Se sua segurança fosse comprometida, não exporia milhares de pessoas. Certo?

— Você vai dizer agora que está inventando isso...

— Paige, se isso vazar, pessoas podem morrer. Mortes terríveis. Não apenas execuções. Tortura. Será um prato cheio para todos os nossos inimigos, capturando nossos agentes, extraindo segredos de Estado.

— Ele não faria isso. Raynes. Ele jamais faria isso.

— Paige, está tudo lá. Se ele for morto, um programa é ativado. Ele loga duas vezes por dia. Se ele não o fizer porque, digamos, morreu, o programa carrega e a informação sobre o paradeiro do pen drive é enviada. É como uma caça ao tesouro nerd. E, uma vez que a pequena caçada nerd terminar e o pen drive for encontrado, será notícia de primeira página. Mas não mais, Paige. O fato de você ter encontrado o pen drive antes foi um milagre. Agora só precisamos rezar para Raynes não saber que o pegamos, e não vazar ele mesmo as informações. Quero dizer, se achássemos que rezar adiantasse alguma coisa.

— Espere. Você não acredita em Deus?

Ele dá de ombros.

— Ninguém tem certeza. Por quê? Você acredita?

— Bem, eu simplesmente jamais conheci alguém feliz que não acreditasse em *alguma* coisa.

Deixo aquilo para lá, mas, a propósito, na minha experiência, o que falei é cem por cento verdade.

Preciso me desvencilhar de toda essa bagunça. Minha missão era descobrir o que Raynes escondia. E consegui. Então, é hora de partir.

— Agora para mim acabou, certo? Fiz meu trabalho. Com sucesso, devo acrescentar, e posso voltar para casa. E vamos pensar em nosso próximo passo em relação a meus pais assim que a poeira baixar. Certo?

— Não exatamente.

— Não. Apenas pare de falar.

Madden se aproxima.

— A lista. Só ele sabe onde criptografou a lista online. Não há mais uma versão analógica, entende? Você acaba de roubar o único backup. Entende isso? O pen drive era a única coisa que o mantinha vivo. Agora ele está por conta própria.

— Jesus. Então é como se eu tivesse desligado seus aparelhos.

— Correto.

— Olhe, você jamais contou que...

— Paige, ninguém sabia o que ele tinha, nem onde. Era essa a missão.

— Certo. E agora que a missão está completa, não pretendo voltar a Moscou. De jeito algum. A FSB já deve saber que sou uma agente. — E definitivamente vai saber que sou uma agente quando Katerina explicar como ganhou aquela concussão.

— Talvez. Mas, se não te mataram até agora, não vai mais acontecer. Precisa voltar — insiste Madden.

— Não, não preciso.

— Paige, me escute. Você tem uma nova missão.

— Não, lamento. Acabei. Passei com honrarias e agora parei.

Ele me encara, e posso notar a indecisão em seu rosto. Será que deve dizer o que está prestes a dizer? Balanço a cabeça em um quase imperceptível sinal de *não, não fale*.

Mesmo assim, ele se aproxima.

— Eles querem que você o mate.

— O quê? Nem a pau!

Não conto, mas ele precisa saber: estou meio, tipo, desenvolvendo sentimentos por Raynes, ainda que eu nunca faça isso, exceto com pessoas hipotéticas, como Gael García Bernal.

— É uma ordem direta.

— Não me importo. Não vou cumpri-la. Não há nada no mundo que possa me forçar.

— Você é a única pessoa próxima o bastante *para* fazer isso. É a única capaz de passar pelo radar da FSB. E o tempo está passando. Se aquele agente da FSB lá no deserto contou a eles sobre o pen drive, o que tenho certeza de que fez, eles estão montando o quebra-cabeça neste instante. Podem pegar Raynes. Torturá-lo pela informação naquele pen drive e, em seguida, matá-lo. Você precisa voltar para Moscou esta noite.

— Já falei que não vou.

Ele aperta os lábios, formando uma fina linha.

— Vão mandar outra pessoa. Sabe disso. Alguém que verá Raynes apenas como mais um alvo. — Ele me olha de um jeito diferente agora; me encarando profunda e intensamente. Está tentando me dizer alguma coisa sem dizer. — Você é a melhor pessoa para... *conduzir* isso.

— Conduzir isso? — repito.

Há algo mais por trás daquilo. Talvez algumas sinuosas ordens de executivos no topo. Seja lá o que for, Madden agora parece mais um mensageiro que um chefe.

Ele assente uma vez para mim. E, com isso, deixa minha passagem de avião sobre a mesa e sai.

Do lado de fora da janela de vidro, o sol ilumina a meseta com um tom de laranja flamejante. Brilhante, como uma explosão.

III

# INTERLÚDIO
# II

Tudo o que você precisa fazer é ler o relatório daquela exata manhã. É uma bizarrice. Dallas. Aeroporto Love Field. Há todo um coreto. Um palco. Um pódio. Decorações vermelhas, brancas e azuis. A cena foi perfeitamente montada, o palco de frente para a passarela; ao fundo, um gramado verde, o distante horizonte de Dallas emoldurado pelo céu azul-claro sem uma nuvem.

Supostamente estão todos lá. O xerife. O prefeito. Até o governador confirmou presença, segundo rumores. Há um grupo de magnatas do petróleo, usando ternos e Stetsons — chapéus de caubói. Gravatas de caubói com turquesa. As esposas, cabelos perfeitamente arrumados, em vestidos de verão. Algumas crianças de colo. Alguns bebês, dormindo em seus carrinhos. Alguns garotos irritados, brincando de caubói e índio, perguntando quando a gente vai, quaaaaaando a gente VAI!? Todo mundo. Para o triunfal anúncio, para esse show de pôneis cor-de-rosa. E será uma surpresa, ah, será. Isto vai estampar todo canal de notícias, de Manhattan a Mumbai. Principal história.

E todos estão, simplesmente, aguardando. Esperando ali, no quente e úmido fim de tarde texano. Esperando. Fãs acenando. Se abanando. Se entreolhando. Ouvindo cada palavra, cada novo rumor, sussurros em meio à multidão. Dando de ombros.

Estão esperando lá desde o amanhecer.

# 1

Estou realmente começando a gostar de assistir a esses vídeos com você. É, tipo, nosso *lance*.

Além disso, tem algo vagamente eletrizante em poder voltar no tempo e encaixar as peças. Mesmo que eu saiba como termina, e você não, tenho essa sensação, toda vez, de fascinação. Toda vez percebendo algum detalhe, alguma coisa sutil que talvez não tenha notado antes. Uma pista.

E, então, vem o mistério para desvendar. Quando o vídeo foi gravado? O que eu fazia na hora? Quem estava envolvido?

Como este.

Este bem aqui.

Eu me encontrava a meio caminho entre os Estados Unidos e Moscou, a 39 mil pés de altitude, quando este vídeo foi gravado em nosso restaurante barroco dourado e azul favorito. Provavelmente, estou cochilando em algum ponto do céu noturno, apagada depois da terceira vodca tônica, quando a cena acontece. Sem ter ideia, nem uma pista, a tantas milhas de distância, a um terço de mundo dali, de que uma armadilha está sendo montada.

Dimitri senta a sua mesa habitual. Rainha Elsa joga Candy Crush no iPhone.

Sentado ao lado de Dimitri, está nosso capanguinha favorito, Subordinado. Ele se inclina para Dimitri.

— Um passarinho me contou que Raynes está fodido.

Dimitri franze a testa.

— Fodido por quê?

— Ele tinha plano B, algo para seus lacaios, caso se machucasse.

— E?

Subordinado sorri.

— Ele não tem mais plano B. Os americanos. Eles descobrir.

— Isto é bom, sim?

— É perfeito. Significa que, seja lá o que ele tem — Subordinado aponta para sua cabeça —, tem aqui. Ele sabe onde encontrar. Criptografado.

Dimitri reflete.

— E a FSB? Estão cientes?

— Ainda não. Mas, quando descobrirem, ele está morto. Eles acharão jeito de fazer Raynes desaparecer e torturar. Ele não tem chance. É fraco. Patético.

Dimitri contempla a mesa.

— O que você acha que é? Essa coisa que ele tem.

Subordinado finge pensar, mas aquele não é seu ponto forte.

— Não sei. Mas o que quer que seja... deve ser importante. Os americanos estão loucos por isso.

Dimitri se recosta e olha para rainha de Gelo, que nem levanta a cabeça ou reconhece sua existência. Depois de um instante, ele se volta para Subordinado.

— A gente mudar o mínimo. Dobrar preço. Um bilhão. Diga a eles que ter três dias. Nós o entregamos para licitante mais alto.

Subordinado assente e se vira para ir embora.

Dimitri contempla a foto no jornal, eu e Raynes em um passeio romântico às margens do rio Moscou.

— Mais uma coisa. Traga-me Uri.

Ele sorri para a rainha de Gelo.

— Você viu? Meu filho idiota pode ser útil afinal de contas.

Ela não levanta a cabeça.

# 2

A primeira coisa que vejo quando entro em meu dormitório de Moscou é Katerina, sentada em sua cama, a cabeça enfaixada, me olhando feio. Baixo a mala em silêncio e sento-me na cama.

Nós nos encaramos pelo que parece um século.

— Bem, isso é estranho.

Katerina fica sentada ali, perfeitamente conformada em respirar aquele ar tão denso que é possível cortá-lo com uma faca.

— Ok, então... na América? Quando algo fica realmente esquisito e desconfortável, a gente faz uma coisa totalmente louca e estranha. A gente conversa sobre o assunto.

— Conversa?

— Sim, conversa. Experimente. Vai gostar.

— Não conversa.

— Sim conversa.

Se fosse possível dar de ombros com os olhos, seria o que ela teria feito.

Coloco meu secador na tomada e o ligo no máximo para encobrir nossa conversa.

Katerina faz uma careta. Sim, é irritante.

— Ok, eu começo, considerando que sou a mais experiente nisso. Então. Sei sobre você. Você sabe sobre mim.

Ela faz que sim com a cabeça.

— Ambas sabemos que a outra é uma *espiã* — sussurro a última palavra.

Ela assente mais uma vez.

— Agora, eu não contei a ninguém sobre você. Minha pergunta é... você contou a alguém sobre mim? Apenas responda com a cabeça. Sim ou não?

Katerina me analisa por um segundo, refletindo sobre aquilo.

— *Nyet.*

— Ok, bom. Provavelmente eu não devia acreditar em você, mas ok.

— Acredite. Eles achar que você é só aluna idiota — zomba ela.

— Bem. Isso é bom. Então, há três maneiras de lidar com isso... a primeira é matar uma à outra, a segunda é dedurar uma à outra, e talvez fazer uma de nós ser morta, e a última, pessoalmente minha preferida, é não contar a ninguém e viver em um estado purgatório, meio Suíça, de mútua ignorância fingida. Ah, e nessa terceira maneira? Todos saem vivos.

Katerina parece um pouco mais leve.

— Continue.

— Temos os mesmos interesses aqui. Nossos chefes podem não entender, mas nós sim. — Faço uma pausa. — Tem uma história nos

Estados Unidos. Da Primeira Guerra Mundial. Nas trincheiras. Acho que era véspera de Natal. Tanto os franceses quanto os alemães pararam de se matar ao menos daquela vez, e saíram de suas trincheiras e cantaram canções de Natal e beberam uísque e talvez tenham jogado futebol. Não me lembro. Mas a parte importante é que suspenderam a batalha, percebendo que eram apenas dentes de uma engrenagem, lutando uma guerra de ricos, o que alguém pode argumentar que sempre foi...

— Ok, ok, já entendi.

— Então, o que estou perguntando é... podemos talvez apenas fingir que é véspera de Natal? Nas trincheiras?

Katerina reflete.

Ela assente.

— Véspera de Natal.

Dou um enorme suspiro de alívio. Não queria ter que dedurar ninguém antes do café da manhã.

Mas agora Katerina tem as próprias perguntas.

— Me conte. O que há no pen drive?

— Não faço ideia. Não sou paga o suficiente para saber.

— Está mentindo, Paige América. Não ser legal mentir no Natal.

— Olhe, se faz você se sentir melhor, acabei. Minha missão. Fim. Acabou. Missão cumprida.

— É como seu George W. Bush com seu discurso de "Missão Cumprida", fantasiado de aviador?

Compartilhamos um momento aqui.

— Agora, talvez, possamos voltar a nosso acordo prévio de garota russa *cool* e admiradora, mas boba, BFF...

— Se você terminou, por que voltou?

Ela ergue uma das sobrancelhas. E lá está aquele sorriso travesso de novo. Mesmo que eu quisesse odiá-la, não conseguiria. Ela não é o inimigo. Ela sou eu do outro lado.

E é véspera de Natal.

Obviamente não estou prestes a revelar códigos nucleares nem nada. Mas, definitivamente, também não estou planejando sufocá-la enquanto dorme. E, espero, assim como combinamos, que ela também não o faça.

Este momento Hallmark é interrompido por um rap na porta.

Não, um rap de verdade.

E, então, Uri entra.

— *Go, Uri, it's my birthday. Go, Uri, it's my birthday!*

Katerina e eu nos entreolhamos.

— Olá, minhas gatas! Convido vocês para a festa de aniversário do ano. Vai ser demais, cara.

— Hum. Uri. Tudo bem falar com sua voz normal. Não somos exatamente Salt-N-Pepa aqui.

— Onde é festa? — pergunta Katerina.

— Essa é a questão. Meu pai vai dá-la para mim, na datcha. Vai ser da hora. Vocês têm que vir. Eu insisto.

Katerina e eu falamos ao mesmo tempo:

— Então, eu estava pensando em ficar arrumando meu...

— Tenho planos com outra...

Mas ele faz uma expressão de cachorrinho.

— Senhoras. É importante para mim.

Katerina e eu nos entreolhamos. Uri nota os curativos.

— O que aconteceu com sua cabeça?

— Ela jogar pedra em mim. — Katerina aponta em minha direção.

— Foi um acidente. Estávamos jogando... beisebol.

Uri faz uma careta. De dúvida. Katerina encolhe os ombros.

— Ah, e leve namorado, Paige América. Ele será como convidado celebridade. Fico perto dele, e mais garotas vão gostar de mim.

— Namorado?

— Não tenha vergonha. Todo mundo saber que você ser americaninha fatal que roubou coração do famoso traidor. Estava no jornal. Devia estar feliz. Você é famosa!

— Não o imaginaria lendo o jornal, Uri.

— Na verdade estava em site de fofoca. Não é boa foto sua, mas eu contar a amigos que você é bonita.

— Obrigada.

Katerina sorri, ela está curtindo aquilo.

— Bem, até tem uma boa foto sua. A do passaporte. Mas ninguém olhar isso. Geralmente você parece, como se diz, garota que cair do lata de lixo.

Agora Katerina ri. Às minhas custas.

— Ok, ok. Chega de humilhação. É duro viver sob um microscópio. Mas vou falar com ele. Raynes. Sobre a festa. Considerando que seu pai é... quem ele é, haverá proteção adequada, imagino.

— Chega de *falar*! Pergunta a ele. — Katerina pega meu telefone e começa a escrever uma mensagem.

— O quê? O que está fazendo?

Ela vira de costas para mim, debruçada sobre meu telefone.

Antes que eu me dê conta, Katerina já digitou ferozmente e respondeu, se passando por mim, a Raynes. Ela se volta, dando um sorrisinho diabólico.

— Pode pegar agora. — Ela me devolve o celular, indiferente. — Ah, e ele dizer que adoraria. Nunca viu uma datcha.

Ela pisca para Uri.

— Feliz aniversário. As garotas vão gostar de você agora.

# 3

Russos não sorriem.

Não, sério. Não estou inventando nem sendo amarga ou ranzinza. Estou dizendo que, como cultura, isso é uma característica.

Sabe, como quando você vai a uma loja e está pagando... e o caixa dá um sorriso meio falso no final? E você dá um sorriso falso de volta? Ou diz "Obrigada" ou "Tenha um bom dia!", e sorri depois? Bem, os russos pulam a última parte. Ou quando você vê alguém na rua, talvez ao passear com seu cachorro, e assentem para você? Você assente de volta, e vocês dois dão um sorriso falso? É, nada de sorrisos falsos aqui. Eles apenas olham sérios. No momento, Katerina está em sua cama, as pernas para cima e apoiadas na parede, examinando as unhas dos pés. Também estou examinando as minhas, mas em minha cama, os pés para o alto na parede, meio que como um espelho da russa.

Este, definitivamente, é o momento mais colegial que nós duas já tivemos juntas.

— Então, *por que* russos não sorriem? Sério.

— Sorrir para quê?

— Não sei. Filhotinhos? Gatos tocando piano. Quando um cachorro fica amigo de um golfinho...

— Guerras infinitas, pessoas passando fome, morte...

— Uau. Isso ficou sombrio rápido.

— Sou russa.

— *Depresso* duplo.

— Vocês não entender. Vocês americanos. Acham sempre tudo tão legal e maravilhoso e sorrir o tempo todo.

— É, mas você acha que estamos sorrindo porque achamos tudo tão legal e maravilhoso ou porque queremos *tornar* tudo legal e maravilhoso?

— Como eu saberia? Não sou eu agindo como cachorrinho.

— Olhe, americanos são otimistas. Mas isso é tão ruim assim? Fato: indivíduos com níveis mais altos de otimismo têm duas vezes mais chances de manter a saúde cardiovascular ideal, comparados a seus semelhantes mais pessimistas.

— Então vocês têm coração saudável. Vivem mais neste mundo miserável.

— Jesus. Ok, e quanto a Deus? Você acredita em Deus?

— Você acredita no Papai Noel?

— Certo. Vou considerar sua resposta um não. Ok, então acha que fomos simplesmente colocados neste mundo para pagar contas e comer sanduíches?

— Você acredita em homem de barba branca no céu?

— Não exatamente. Mas acredito em alguma coisa. Olhe, quando você faz alguma maldade, como se sente?

— Não bem.

— E quando faz algo bem legal, sem ninguém nem precisar saber, como se sente?

— Legal. Talvez bem.

— Ok, você tem uma bússola moral. Meio que como um guia interior. Agora já parou para pensar por que teria isso?

— Não.

— Talvez porque seja lá quem ou o que nos criou, pense nele como um grande programador, nos deu isso. Tipo, uma bússola moral!

— Está dizendo que somos versão de Minecraft?

— Não. Mas não sei o que somos. Você sabia que algumas das mentes científicas mais proeminentes, em lugares como Princeton e MIT, estão chegando à conclusão de que tudo é um holograma? Nossas vidas inteiras. Um holograma?

— Isso é ainda mais deprimente.

— Não, é excitante! Significa que todo esse materialismo, esse consumo desenfreado, essa sede por dinheiro pela qual as pessoas desperdiçam suas vidas, é supérflua. E que tudo o que realmente importa é o amor e a bondade e...

— Você é como cartão de aniversário humano.

— Se eu quisesse, acredite em mim, eu me deitaria em posição fetal e ficaria em um canto, chorando pelo resto da vida. Considerando tudo. Mas como isso ajudaria?

— Não sei.

— Bem, em algum momento vou fazer você experimentar. Estou dizendo.

— Experimentar o quê?

— Otimismo.

— Nojento. Nunca vou experimentar.

Mas ela está sorrindo, ali em seu lado do quarto. Nós duas contemplando nossos pés e a possibilidade de o universo ser um holograma.

— Se Deus é programador, então quem é programador de Deus?

— São essas as questões, minha cara Katerina, são essas as questões...

# 4

É uma fotografia em preto e branco em uma exposição. Ampliada. Ampliada até o tamanho de uma pintura. Na foto, há um garoto com o rosto voltado para o alto, um sorriso de êxtase nos lábios, duas sacolas de compras nas mãos, alguma coisa enrolada na cabeça que lembra asas brancas de papel. *Um sonho de consumidor.* É o nome da exposição. A fotografia: "No sol ao lado da loja de departamentos Detsky Mir". Moscou. 1961.

Precisamos improvisar nossa comunicação, Madden e eu, sem os fones vermelhos.

Eles me disseram para ficar na frente desta fotografia, exatamente às 3 horas.

Tenho certeza de que alguém deve aparecer atrás de mim e sussurrar: *A águia pousou.* Mas não é o que acontece.

Em vez disso, Madden em pessoa aparece.

— Achei que esse ostensivo flagrante de consumismo em particular a agradaria.

— Espere. O quê? O que está fazendo aqui?

— Você não é a única contemplada com viagens a lugares exóticos.

— Só achei que haveria alguma forma de comunicação de alta tecnologia aqui. E não, você sabe, analógica.

— Desapontada?

Ele sorri com ironia.

Difícil não gostar daquele sorriso.

Ele me entrega um fone de ouvido Beats azul.

— Aqui, mais bem criptografado. Mesmo assim, mantenha-o longe de sua colega de quarto.

— Ah, igual ao anterior. Mas azul! — Pego o fone. — Não fique com ciúmes, mas vou a uma festa incrível. Eu levaria você, mas já estou levando seu arqui-inimigo, também conhecido como meu namorado. De quem você secretamente sente ciúmes.

— Humm. E onde exatamente será essa festa?

— É o aniversário de meu BFF aspirante a estrela do rap. Na... DATCHA de seu pai. Bum. Segura essa, vadia!

— Uri... o filho do gângster?

— *Bling bling bling*, ganhou uma estrelinha dourada.

Madden reflete. E reflete.

— O que está fazendo? Seja lá o que for, pare.

— Na verdade é perfeito. É o lugar perfeito.

— O quê? Perfeito para quê?

— Qual é, Paige. Você sabe o quê.

— Nãooooo. Qual é. Sério? Não posso simplesmente curtir a festa?

— Quantos anos você tem, 5?

— É só que. Precisa ser lá? Quero dizer, não podemos, sei lá, enrolar ou algo assim? Sei que consigo pensar em alguma coisa.

— Estamos ficando sem tempo. Pode ser você ou alguém menos...
*preocupado.*

— Bem, nem vou dizer onde a festa é, então.

— Paige. Não pode fazer o que quiser e ir para casa, ok? Já passamos dessa fase. Você sabe, e eu sei. Olhe. Plantarei uma arma lá.

— Mas odeio armas. Sem arm...

— Por favor, aguarde por mais instruções.

Ele se afasta.

— A propósito, não perca a exposição do terceiro andar. Vaginas enormes. Muito provocante.

— Elas provavelmente são gigantes *vaginas dentatas*, porque todos os homens temem o poder da fêmea! — Estou basicamente gritando na sala vazia. Madden me ignora.

O segurança apenas ergue a sobrancelha.

# 5

É isso. O último vídeo. Mal posso esperar para confessar como o consegui.

Mas ainda não.

Estamos olhando do alto. Do restaurante barroco em dourado e azul-Tiffany. Subordinado acaba de entrar, animado. Sussurra alguma coisa para Dimitri.

Rainha Elsa revira seu *blini* com o garfo.

Dimitri olha para ela.

— Faça as malas. Vamos para Dubai.

— Achei que íamos à América?

— Não. Oferta melhor. Do sultão.

— Mas quero ir à América. Garotas ter vida melhor lá. Eu serei nova Hillary Clinton. Ou talvez Kim Kardashian!

— Rá! Continue sonhando, *mishka*. Vamos para Dubai. É bom lugar para ser bilionário. Se não gosta disso, pode voltar para fazenda de repolhos.

Subordinado sai.

Rainha Elsa franze a testa para o prato.

— Não se preocupe. Vai gostar. Nós teremos iate. Palácio. Ouro. Não franza a testa, *mishka*. Você será garota número um em meu harém.

Ele pisca e ergue a taça.

— *Dosvedanya*.

# 6

Patinar no gelo na praça Vermelha é meio que como patinar no gelo na Disneylândia sem o elemento big brother. Na verdade, agora que pensei melhor, não são tão diferentes assim.

Acima de nós, a loja de departamentos GUM (também conhecida como Glavny Universalny Magazin) está cheia de luzes de Natal, quase uma espécie de cenário de fantasia de princesas para essa terra mágica da patinação.

Raynes e eu saímos da pista principal e vamos para essa tenda branca e vermelha extremamente pitoresca. Chocolate quente. Chocolate quente com conhaque. *Glogg. Gluehwein.* E muitos outros drinques alcoólicos começando com GL.

Rimos de nós mesmos porque somos os piores patinadores no gelo da face da Terra. Particularmente aqui. É bom que todos estejam tão bêbados senão teríamos sido expulsos do rinque. Tenho certeza de que todos acharam que estávamos mais que trocando as pernas.

Está claro que a maioria dessas pessoas não está apenas bêbada, e sim bêbada como russos. O que significa que seus corpos pendem para a frente e elas totalmente mantêm as aparências, mas, de vez em quando, tropeçam de forma aleatória.

Raynes se senta a uma mesinha de canto, sob um cordão de luzinhas de Natal brancas. E sim, Oleg está atrás de nós. Sinistro.

Ele não patinou no gelo.

Claro que ele não patinou no gelo.

— Deus, sou tão ruim nisso. — Raynes ri, tirando os patins.

— Eu também. O que pensávamos? — Estou tirando os patins também. Acho que isso encerra aquela micro-humilhação. — Quero dizer, acho que fomos meio que influenciados pelo romantismo da coisa.

Nós nos encaramos. Acho que, talvez, estejamos pensando que não precisávamos patinar no gelo para sermos românticos. Pelo menos é o que eu estou pensando. Além disso, preciso matar Raynes em alguns dias. E pensar em uma maneira de *não* ter que fazer isso.

— Acha que conseguimos convencer Oleg a buscar um chocolate quente para a gente?

— Ah, tenho certeza de que está louco por isso. Ele vai com a gente à festa na datcha, claro. Sinto muito. Não consegui convencê-lo a tirar a noite de folga.

Não digo *Ah, isso complica meu plano de te matar*. Em vez disso, sorrio e digo:

— Bem, sabíamos que ele viria, certo?

— Ah, tudo bem ele ir. Acho que a coisa toda o deixa nervoso.

— Acha que ele é paranoico? — Disfarçando, senhoras e senhores! Raynes dá de ombros.

— Quem sabe?

— Quero dizer, não há realmente por que proteger você. Não é como se estivesse fazendo alguma coisa para fazer alguém não gostar de você. — Esta é minha maneira não-muito-sutil de tentar fazer com que confesse seu plano diabólico de expor a RAITH.

— Acho que o governo americano, e provavelmente metade do país, discordaria de você.

E ele se aproxima para me beijar. Bem aqui, debaixo das cintilantes luzinhas brancas de Natal, no rinque de patinação da praça Vermelha.

*FLASH!*

O que só posso imaginar ser um paparazzo russo tira uma foto. Ele sorri por um décimo de segundo antes de Oleg derrubá-lo e imobilizá-lo no chão.

Agora todos começam a olhar para nós. Algumas pessoas estão tirando fotos com seus celulares. Por um milissegundo penso que, talvez, de alguma maneira, Gael García Bernal vai ver uma dessas fotos um dia.

— Acho que é hora de sorrir para as câmeras. — Encolho os ombros.

Raynes sorri.

— Pelo menos eles não registraram a gente patinando no gelo.

E, neste momento, neste momento bem aqui, tento não me apaixonar por ele. E me pergunto se isso vai transparecer nas fotos tiradas. Aqui está uma foto de uma garota prestes a assassinar seu namorado.

# 7

Este provavelmente será meu último passeio às margens do rio Moscou. Não apenas porque começo a congelar até a morte, mas também porque minha missão está prestes a ser cumprida. De um jeito ou de outro.

A voz de Madden surge nos fones Beats azuis, e já sei que isso vai ser irritante.

— Paige, eles descobriram.

— Quem?

— A FSB. Eles descobriram. Eles sabem sobre o pen drive.

— Oh, Deus.

— Não é nada bom. Eles têm um plano.

— Vai me dizer qual é o plano ou vai apenas dizer, dramaticamente, "eles têm um plano"?

— Estão planejando capturar Raynes. Na datcha. Vão sequestrá-lo e culpar Dimitri. Vão dizer a todo mundo que ele morreu. O grande Raynes está morto. E então, creio eu, vão provavelmente atirar em Dimitri. Dois coelhos com uma cajadada só.

— Sabe para onde planejam levá-lo?

— Sim, Paige. Estão planejando levá-lo a um McDonald's. E depois à Disneylândia. Ou a *uma prisão secreta onde jamais o encontraremos*. E vão torturá-lo. Até ele entregar a lista. E todos os nossos agentes RAITH morrerem.

— Ok, saquei.

— Paige, ele não pode ser capturado vivo. Agora que o pen drive se foi, agora que não há mais backup, podem fazer o que quiserem com ele. Se ele morrer, ninguém perde. Mas não vão apenas matá-lo. Vão arrancar a lista de Raynes. Vão torturá-lo. Você está fazendo um favor a ele. Matando-o primeiro. Entende isso?

— Sim. Infeliz-merda-mente.

— É a coisa certa a fazer.

— Não é o que sempre dizem?

O sol se põe atrás da igreja Kadashi, levando junto qualquer pensamento de calor. Agora está congelando, e posso ver minha respiração.

Jamais senti tanto frio.

# 8

Há um momento, um momento no qual estou sentada ao pé da cama esperando por Raynes. Estou toda arrumada para a grande festa. E lá está ele, saindo do chuveiro. E eu queria poder parar esse trem e saltar.

Ele está me contando sobre um sonho que teve na noite anterior.

— Então, estou caindo, caindo de um prédio alto, e é apavorante, e estou me debatendo, tentando gritar, mas não sai som algum. E logo antes do chão, bem antes de eu estar prestes a atingir a calçada e me despedaçar em um milhão de pedacinhos, você aparece subitamente... e me levanta. Com cuidado, sorrindo, para ainda mais alto que o topo do prédio, mais alto que a linha do horizonte... subindo, subindo, subindo até as nuvens. E fico tão grato. No sonho, sou tão grato por você.

Engulo em seco.

Sorrio de volta para ele, simulando um tipo de doce compreensão.

Oh, Deus. Não consigo viver comigo mesma assim.

Ele está me contando de um doce sonho que teve onde eu sou, tipo, um anjo ou uma super-heroína, e, na realidade, estou prestes a levá-lo à morte.

Vou para o inferno. Se existir um inferno. Esse é meu bilhete de entrada.

— Sabe... não precisamos ir à festa. Talvez pudéssemos ficar aqui e assistir à Netflix ou alguma coisa assim? Eu realmente preciso atualizar minhas séries.

— O quê? Não. Está doida? Oleg está me *deixando* ir. Não posso perder!

Netflix. Foi uma tentativa patética. Uma Ave-Maria de último minuto. E não colou.

— Você está muito linda hoje, Paige. Precisarei mandar Oleg afastar todos os seus pretendentes apaixonados.

Oleg, que está parado na porta da frente, finge não escutar.

Se Madden estiver certo, ele provavelmente está focado demais em seu plano de sequestrar Raynes mais tarde, na datcha.

Oleg me flagra o observando. Talvez tenha escutado meus pensamentos. Talvez se sinta culpado. Nós dois nos encaramos por um segundo, avaliando um ao outro. Então, ele desvia o olhar.

Talvez tenha percebido que também me sinto culpada.

# 9

Às vezes os russos têm uma pequena e modesta datcha, talvez a algumas horas de Moscou, uma cabaninha de madeira com lenha e um fogão. No inverno, até os ratos congelam de frio.

Não é o caso desta datcha.

Ou talvez seja melhor dizer assim:

ESTA. DATCHA.

Tudo em maiúsculo.

Esta propriedade, a uma hora de Moscou, faz praticamente tudo nos Estados Unidos parecer um pequeno centro comercial. É um palácio de pedra com três andares, em azul-real vibrante, com uma elaborada coisa de pedra branca em forma de crista no topo, entre os pináculos. A fachada inteira está coberta de elaboradas gravuras brancas e molduras e entalhes ao redor das portas e janelas, e tudo mais que você imaginar. Há pequenos círculos e pináculos e toques divertidos na fachada, assim como listras brancas no primeiro andar. Parece completamente bizarro, eu sei, mas, na verdade, é uma das coisas mais lindas que já vi. Chego a ofegar quando atravessamos a floresta e vejo o lugar.

— Santo Deus.

Acho que Raynes teve a mesma impressão.

— Uau.

Ele pega minha mão, como se dizendo, *Não é legal estarmos aqui, juntos, neste lugar lindo? Você e eu?*

Seguro sua mão, mas quero pular para fora do carro e me tornar um boneco de neve.

Dirigimos até a datcha por uma longa entrada cercada de árvores e iluminada para a festa. Até através das janelas dá para ouvir a música praticamente sacudindo a neve do chão. Missy Elliott. "WTF (Where They From)."

Observação: adoro Missy Elliott.

Sinto como se ela fosse a rainha de tudo.

— O que acha? Estamos estilosamente atrasados? — pergunta Raynes.

— Acho que estamos perfeitamente atrasados. Parece que estão se jogando com tudo, não?

— Acha que as privadas lá dentro são de ouro?

— Não sei, mas se o interior seguir ao menos um pouco o exterior, acho que nunca mais vou querer partir. Pode ser que você tenha que me arrastar.

(Ou eu vou arrastar *você*, porque estará morto.)

Oleg caminha atrás de nós enquanto fazemos nossa grande entrada. Apesar de não ser uma grande entrada, afinal, porque todo mundo está ocupado demais tendo o melhor momento de suas vidas. Sério, esses russos não estão de brincadeira. Nada de expressões de tédio nem revirar de olhos por aqui. As pessoas realmente se jogam Festejam como se o mundo estivesse acabando.

Do outro lado das massas de braços para o alto, luzes, confetes e ágeis acrobatas em finas e gigantescas cortinas de veludo carmim, fazendo truques que desafiam a gravidade, está Uri. Ele veste, naturalmente, moda hip-hop da cabeça aos pés, cercado por suas hordas adoradoras.

— Ah, lá está ele.

Pego Raynes pela mão, levando-o até Uri, esperando despistar Oleg nas massas bacanais. Não vejo Katerina, mas isso é uma coisa boa. Entre Oleg e Katerina, Raynes poderia ser pescado a qualquer momento. Preciso mantê-lo por perto. Preciso mantê-lo à vista de todos.

Até não estar mais.

Até eu matá-lo.

(Até eu arrumar uma maneira de matá-lo.)

(Olhe, não sei o que estou fazendo, Ok? O júri continua na salinha, deliberando, e a porta segue trancada. Todo mundo pode apenas esperar do lado de fora.)

Uri nos vê e grita por cima da música.

— Meus amigos! Olhem só! Festinha para aniversário!

— Sim! Olho! Festinha muito pequena. Uri, este é Sean Raynes; Sean Raynes, este é Uri. Esta modesta *soirée* é para celebrar seu nascimento. Caso esteja confuso, ele na verdade não é Jesus Cristo.

— Não, sou estrela do rap. Bem, não ainda. Mas um dia...

— Quer um drinque? — Raynes está prestes a ir até o bar.

— Não, espere! Vou com você!

— Tudo bem, pode ficar aqui conversando com o aniversariante.

— Não, não, não. Tenho paladar muito elaborado para drinques. Muito específico. Seria complicado demais explicar, então...

Raynes me encara. Acha que estou agindo estranho porque *estou* agindo estranho. Realmente preciso trabalhar na falsidade. Sou horrenda nisso.

Nós nos afastamos de Uri e vamos até o bar.

Bem a tempo de ver Katerina.

Ok, parece que não tenho muito tempo. É bom que eu acelere. Antes que Oleg ou Katerina sequestrem Raynes e o enviem para a Sibéria, ou a um gulag, ou seja lá para onde a FSB despacha pessoas a fim de torturá-las ilegal e clandestinamente.

Deus, não quero fazer isso, Deus, não quero fazer isso, Deus, não quero fazer isso.

— Sabe, acha que a gente pode tomar um ar? Está meio que louco demais aqui. Acho que estou me sentindo claustrofóbica.

— Claro. Não quer antes um drinque elaborado que é complicado demais de lembrar?

— Não, definitivamente preciso de ar fresco. É, tipo, uma reação física que tenho a espaços fechados, lotados de gente. Também acho que posso ser alérgica ao confete.

Raynes ergue uma sobrancelha.

— Tudo bem.

Estamos prestes a sair pela porta dos fundos. A ideia é que a arma esteja estrategicamente localizada sob um pitoresco gazebo branco ao ar livre, na neve. Devo levar Raynes até lá, causalmente deixar alguma coisa cair no chão, pegar a arma e atirar em meu namorado.

Simples, certo?

Posso sentir meu peito apertando, e o ar, muito mais escasso aqui, sem querer ter nada a ver comigo. Apenas respire, Paige. Tente não se precipitar.

Saímos, o ar frio soprando forte, e vejo o gazebo branco. Uma imagem de conto de fadas na neve.

— Olhe, que legal! Veja aquele gazebo!

Este é meu jeito não-tão-sutil de fazê-lo ir até lá.

Só que.

Ele não responde. Acho que não gosta de gazebos. Ou de frio. Ou de neve. Ou de tentativas de assassinato. Ou, então, talvez não tenha me escutado. Ou, então, talvez não tenha me escutado porque não está mais atrás de mim.

Ah.

Certo.

É.

Ele não está atrás de mim.

Na verdade, ele não está em lugar algum.

# 10

— Paige!

Está vindo debaixo do que suponho ser os aposentos dos empregados, ou das empregadas, ou dos serviçais, ou seja lá qual passagem pessoas oprimidas usem para entrar e sair dali.

Há um caminho de pedras levando até a adega, e passos ecoam dali.

Usando a mágica de meu telefone, aponto a lanterna para a adega, onde parece haver algum tipo de passagem subterrânea. Na verdade, é bem nojento aqui, mas escolho não focar nisso no momento. Além disso, observação, telefones dão boas lanternas, mas o contrário não acontece.

Lá está ele. Oleg, é claro, arrastando um semiconsciente Raynes. Acho que deve tê-lo apagado depois de gritar para mim. Maldito!

Vou pegar esse cara.

Aqui nas sombras... ele meio que parece Ted Cruz. E, honestamente, isso só torna meu trabalho ainda mais fácil.

Como praxe, começo a me ver do alto outra vez, ou, neste caso, do telhado de pedra mofado acima de nós. Tudo bem, acho que você provavelmente já se acostumou a essa altura.

Assisto a mim mesma correndo para derrubá-lo, o que funciona muito bem, até ele me derrubar. Ele usou meu impulso contra mim. Eu não podia ter caído nessa, honestamente. É tipo o básico do caratê. Meu *dojo* mestre estaria balançando a cabeça.

Raynes usa a oportunidade, mesmo que meio atordoado, para empurrar Oleg contra a parede.

Graças a Deus. Isso me dá uma chance de levantar e, de alguma forma, energizada pela incrível dor que acaba de tomar conta de minhas costas, despejar tudo o que aprendi no tatame de muay thai, bem ali na frente de Raynes. Que não fazia ideia. Provavelmente achava que eu era algum tipo de pessoa delicada.

Acho que não ensinam a arte das oito armas na FSB. Ou, se ensinam, Oleg está enferrujado. É meio que uma sequência de golpes. Reajo ao golpe de direita de Oleg com um *jab* sobre seu soco. Rebato um gancho de esquerda, me esgueirando, e prossigo com o cotovelo esquerdo. Chute circular. A esta altura, Oleg está supremamente irritado. Tento encerrar esta incursão com um chute circular reverso, mas Oleg não gosta de apanhar de uma garota, então reúne cada resquício de força para me atirar contra a parede.

E dá certo.

Agora vejo aqueles passarinhos novamente, mas não importa.

Estou convivendo bem com esses passarinhos ultimamente.

Mas não tema, *mon ami*. Sim, Oleg tem uma força brutal, mas tenho a arte das oito armas.

Então uma nova sequência: cotovelo direito, pulo e joelhada, chute circular e finalmente um soco em salto... também conhecido como soco do Super-homem. Essas não são coisas legais de se fazer com alguém. Mesmo com seu pior inimigo. Mas acho que Oleg se candidatou ao trabalho.

E agora ele não está nada feliz.

E por "nada feliz" quero dizer "está no chão, gemendo".

Viu? A questão é a seguinte. Ele é extremamente forte. Não há dúvida. E conseguiu dar alguns golpes que vão precisar de gelo, e que vão me fazer parecer um moleque de rua pelas próximas três semanas. Sei disso.

Mas acho que estudei mais em meu *dojo*.

Sabe, a prática leva à perfeição.

E agora sabemos. Oleg não é tão durão quanto pensávamos.

Isso é realmente uma lição, não é? Só porque alguém tem uma jaqueta de couro preta e uma carranca malvada não significa que seja o Exterminador do Futuro.

Honestamente, ele é três vezes mais lento que Katerina. Que, graças a Deus e aos céus, não está por perto.

Senão eu *realmente* estaria em apuros. Definitivamente não conseguiria derrotar Oleg e Katerina ao mesmo tempo. Não sou nem de perto tão boa assim.

— Paige?! Onde você...

— Venha. Por aqui. Não temos muito tempo.

Eu o agarro e o levo comigo de volta para a neve. De volta para, sim, o fatídico gazebo branco.

— Er, onde aprendeu a lutar assim?

Mas agora estou agachada, procurando a arma plantada.

Observação: realmente queria que tivessem me dado qualquer coisa menos uma arma. Um dardo venenoso talvez. Uma pistola de laser. Um sabre de luz. *Qualquer coisa.*

Mas não. Tinha que ser uma idiota, irritante, fálica, estúpida arma de perdedores.

— Posso fazer uma pergunta? — É agora; minha última chance de escapar. — Se tivesse que fazer alguma coisa por princípio, mas pessoas pudessem morrer, pessoas provavelmente *fossem* morrer... você faria?

— Acho que depende do princípio. — Ele dá de ombros.

Ainda procurando a arma. Ainda procurando uma saída.

— Bem, e se você *soubesse* que pessoas fossem morrer, mas fosse um princípio muito importante?

— Sim. Faria.

Merda.

Bem, lá se vai aquela chance.

Ah! E lá está a arma. Bem na hora.

— Por que está perguntando?

Mas agora estou de pé, apontando a arma para ele.

— Porque tenho escondido uma coisa de você.

— Jesus! Paige! Que merda é essa?!

— Por que diabos você divulgaria aquela lista? Sério. Por que diabos precisa fazer uma coisa tão destrutiva? Tão insensível?

— Que lista?

— Não se faça de bobo. Sei de tudo. A lista. Dos agentes da RAITH.

— Paige, a RAITH é ilegal. É uma agência de espionagem ilegal, inconstitucional, que não depende de ninguém. Ela precisa ser exposta. Sabe como foi a queda do Império Romano? Segredos. Julgamentos secretos. Pessoas levadas no meio da noite sem motivo algum. Sem julgamento. Sem processo. Paranoia. Suspeita. Disseminação de medo. Soa familiar?

— Pessoas vão morrer. Mortes horríveis.

— Não é o preço da liberdade?

— Liberdade? Em qual momento liberdade se torna sua loucura? Seu projeto de vaidade? Sua tentativa de fama, ou de manter sua fama? Tem certeza de que esta não é uma tentativa narcisista de se solidificar no cenário internacional? Sequer pensou realmente nisso? Não romantizando. Mas com a porra da alma? Porque conheço você, ou *achei* que conhecia você. E isso? Este tipo de menosprezo cego pela vida humana? Pelas pessoas deixadas para trás? Por seus filhos? Não é você. Não é o Raynes que conheço. Não é por quem me apaixonei.

Raynes está me olhando, e aquela última parte... aquelas últimas duas frases... Sinto como se o tivesse tocado. Talvez.

Ficamos parados ali, as respirações condensando no ar gelado.

— Olhe, acho que posso salvar você. Mas você não pode vazar a lista.

— Você sabe que ela será vazada se você me matar. Sabe que há um backup.

— Desculpe. Não há backup.

— É, tá bom.

— O pen drive? Eu descobri.

— Claro.

— Monument Valley.

A expressão em seu rosto muda. Nunca imaginaria que ele poderia ficar ainda mais pálido, mas, de alguma maneira, ele fica.

— Paige. O que você fez?

— Salvei a porra das vidas das pessoas, foi o que fiz! E posso salvar sua vida também. Se vier comigo, posso tirar você deste maldito país, porque aqui você está morto. Está morto praticamente em todo lugar. Sua única esperança é ir para casa. Posso levá-lo para casa. Mas você não pode divulgar a lista.

— Paige, serei preso em casa. Vou passar o resto da vida olhando para uma porra de parede de concreto. Sabe disso.

— Você prefere literalmente morrer? Porque vão te matar aqui! Vão torturar você, vão obter a lista, e tudo mais que você possa ter, e matar você. Oleg. A FSB. Vão fazer parecer que você morreu aqui. Esta noite. E você jamais verá a luz do dia novamente. E vai desejar estar morto. Olhe. Só me diga que não vai divulgar a lista, e eu penso em tudo. Não precisarei matar você.

Compartilhamos um instante. A arma ainda apontada para ele. A neve começando a cair em imaculados e delicados flocos de neve, que não têm nada a ver com assassinato ou morte ou conspirações mundiais.

— Posso salvar você, Raynes. Só me dê uma chance.

— Não posso fazer isso, Paige. Sinto muito.

— Não tanto quanto eu.

Levanto a arma e respiro fundo.

— É melhor fazer as pazes com o que quer que precise fazer as pazes.

Para algumas pessoas pode parecer que há alguma coisa, um montante de água se acumulando no canto de meus olhos. Mas sou durona. Posso fazer isso. Só preciso pensar em minha mãe. Pensar em meu pai. Minha família. Nossa doce pequena família que doa para caridade e compra no mercado orgânico e faz cestas de Natal para os desabrigados em dezembro. Tudo o que preciso fazer é pensar em nossa pequena família e em como quero essa pequena família de volta, com sua bondade e sabonetes orgânicos e pinturas aleatórias que minha mãe compra de artistas de rua enquanto meu pai só balança a cabeça.

E agora estou chorando. Todo o meu rosto está coberto de lágrimas e congelando, e tudo o que quero é minha família de volta, minha vida de volta, e não estar aqui, no meio desta noite russa congelante, apontando uma arma para alguém por quem eu não tinha que ter me apaixonado, mas meio que me apaixonei.

Ele levanta a cabeça de volta e me olha. Dá um aceno de cabeça quase imperceptível.

É isso.

— Sinto muito. Sinto pra cacete.

Digo aquilo em meio às lágrimas.

*BANG.*

O tiro sai mais rápido que pensei. Ele ecoa pelas árvores. Mas não é Raynes que cai.

Sou eu.

# 11

O tiro me atinge bem no peito e me derruba no chão, na neve de 60 centímetros de altura ao redor.

Raynes olha para mim chocado, e então vê Oleg, mancando pela neve, correndo em sua direção.

— CORRA!

— Mas não posso apenas deixar você aqui...

— Corra, merda!

E Raynes dispara na direção das árvores. Legal saber que ele foi um cavalheiro naquela situação. Muito educado.

Sei que você está se perguntando se morri. Se essa coisa toda foi um monólogo póstumo do além-túmulo. Por favor, não chore. Estou bem. Não, sério. Madden não me deixaria ir à festa sem um colete à prova de balas. Tentei convencê-lo a não usar um, porque não me favorecia. Sejamos honestos, uma coisa dura como aquela é difícil de usar. Mas ele insistiu. E agora estou grata por ter insistido. Só é irritante precisar admitir que ele tinha razão.

310

Bem, eu podia ficar aqui, fazendo anjos de neve o dia todo, exceto que Raynes está sendo perseguido na floresta por Oleg, que basicamente está parecendo um zumbi se arrastando em uma jaqueta de couro.

Estou vendo tudo de meu ângulo na neve, então está meio de lado. Um retrato metade neve e metade floresta, com Raynes correndo e Oleg atrás dele, atirando.

Preciso levantar a qualquer momento, e fico mandando meu corpo fazer isso, mas meu corpo não escuta. Meu peito está palpitante, e a sensação foi... sabe como foi a sensação? Senti como se alguém me batesse o mais forte possível no peito com um martelo. Então, vou apenas assistir aqui de meu recreativo descanso de lado na neve.

O problema é que Oleg, apesar de seus passos irregulares, parece estar alcançando o pobre e velho Raynes. É esse o problema desses gênios da computação. A impressão é que todos tiravam 3 em educação física.

De repente, duas novas silhuetas entram em cena em minha visão inclinada, e, simples assim, uma dessas figuras mira e atira — em Oleg. Que cai no chão. E fica lá. Não sei se também recebeu um colete à prova de balas da FSB. Realmente parece que não. Mas vou ficar de olho nele.

Um desses homens é velho e careca, caminhando mais devagar. O outro, em rápida perseguição, foi quem atirou em Oleg. Sabe quem é, certo?

Sim. Adivinhou.

O pai mafioso de Uri, Dimitri, e seu auxiliar favorito, Subordinado.

Subordinado é bem mais veloz que qualquer pessoa até agora nesse revezamento, e alcança Raynes rapidamente, o derruba, e é isso.

Então, agora, a máfia está com Raynes.

Jesus.

Meu corpo finalmente resolve obedecer, e me levanto lentamente. Estou espanando a neve do corpo, prestes a correr atrás de Raynes e seus dois novos melhores amigos, quando alguma coisa dispara a minha direita.

— Mas o que...

Ah, ótimo. É Katerina em um *snowmobile*, voando pela neve na direção do grupo.

Tudo bem. Como pude me esquecer? A FSB quer Raynes morto. Katerina trabalha para a FSB. Katerina também está atrás de Raynes. Para matá-lo. Antes que ele saia da Rússia.

Confere.

Acho que a véspera de Natal acabou oficialmente.

— Está falando sério mesmo?

Olho para o céu, mas não tenho resposta.

# 12

Minha pobre pessoa está mancando pela neve bem a tempo de ver Subordinado apontar e atirar.

BLAM!

O *snowmobile* de Katerina é atingido, fazendo-a voar até o chão. Ela rola no monte de neve.

Agora Dimitri e Subordinado estão livres para capturar Raynes à vontade.

Eu manco e corro até Katerina, que fica deitada ali, se recuperando na neve.

— Você está bem?

— Sim, fantástica.

— Bem, não precisa ser sarcástica.

— Preciso sim. Nasci assim.

— Ok, bem, acho que você devia ficar aqui agora, Ok? Pode estar ferida.

— Sim, é claro.

Ela imediatamente me dá uma rasteira e sai correndo atrás de Raynes, Dimitri e Subordinado.

— Sua vadia! Isso não foi nada legal.

Katerina está correndo sobre a neve.

— *Legal* é para *talk-show* e creche.

Eu me levanto e começo a correr atrás dela.

— Bem, vou ser obrigada a atirar em você agora! Então basicamente é carma.

Estamos gritando uma para a outra.

— Não vai atirar.

— Tenho transtorno dissociativo, sabe?

— Achei que você odiar arma.

— Eu odeio. Por isso não quero atirar!

— Boa tentativa.

Ela continua correndo pela neve. É claro, corre muito mais rápido que eu. Parte de seu treinamento russo biônico.

— Katerina, pare! Ou eu vou atirar!

— Então atira, porra!

— Ok, vou atirar em seu tornozelo, ok? Dizem que é o lugar mais seguro.

— Não atire em mim, apenas vá para casa.

— Não posso! Ok, vou atirar em você agora, e, quando eu atirar, apenas fique deitada, certo?

— Por que você é tão estranha?! Se vai atirar, então atirar, porra!

— O-k! Está pronta?!

— O que tem de errado com você?!

*BANG.*

Ela cai.

Corro até ela, que está com a lateral da panturrilha sangrando.

— Ah, eu queria acertar um pouco mais para baixo, na verdade.

Ela se levanta. Acho que realmente acredita que vai alcançar aqueles caras. Atingida por uma bala e tudo.

Dou um chute em seu peito.

— Isso é amizade interessante.

— Fique. Na. Porcaria. Do. Chão. Está sangrando bastante, honestamente. De verdade, seria melhor você ficar deitada.

Katerina, sem fôlego nem forças, olha para a perna ensanguentada. Não tem como ficar de pé.

— Olhe. Você tentou. Deu o melhor de si. E é isso que realmente conta.

— Eu ganhar troféu por participação?

De repente mais um *snowmobile* passa voando por nós.

É Uri.

— Jesus Cristo. Que merda está acontecendo agora? Olhe, você vai ficar bem. Tem umas duas horas para entrar antes de congelar até a morte. Você deve conseguir.

Ela olha para mim, e um sorrisinho engraçado se forma no canto de sua boca.

— Eu pensar positivo.

Sorrio e me dou conta de que, depois desta missão, seja lá o que acontecer, posso nunca mais ver Katerina.

— Venha me visitar nos horríveis e imperialistas Estados Unidos.

— Eu ir, cachorrinha. Eu levar vodca.

Compartilhamos um olhar de reconhecimento. Então, isso é uma amizade. A parte triste. A parte de que se foge, evitando a intimidade em primeiro lugar.

Sorrio para ela antes de disparar atrás de Uri e de todo mundo que parece estar surgindo do nada.

— Você é uma alcoólatra! — grito por cima do ombro.

Não tenho certeza de que ela me escuta com o barulho do *snow-mobile* de Uri.

# 13

Francamente, quando chego à clareira há muita coisa para processar.

Primeiro, há uma clareira na floresta. Confere. Segundo, uma pequena pista, do tipo geralmente usada para um avião. Confere. Terceiro, um jatinho particular, ali no meio do país das maravilhas invernal. Confere. Quarto, não consigo ver Raynes em lugar algum, mas estou presumindo que esteja no avião, considerando que ele parece ser a joia da coroa de toda essa empreitada.

Mas espere, tem mais!

Parada nos degraus da escada do avião, está a rainha de Gelo. Observação: realmente gosto de sua roupa. Ela veste uma coisa meio de pele falsa, então meio que lembra um cotonete russo. Mas lhe ficou bem. Entendo que moda é provavelmente a última coisa na qual eu devia pensar, mas é importante parar e ter um momento de lazer.

Agora Uri está parado ali, tendo largado seu *snowmobile* em um banco de neve, e também tendo o que parece ser uma discussão extremamente acalorada com o pai, Dimitri. Quando eu era pequena, meu pai costumava ler para mim, antes de dormir, histórias de Roald

Dahl: *A fantástica fábrica de chocolates, Os pestes, James e o pêssego gigante*... Deu para ter uma ideia. Tenho certeza de que Dimitri jamais leu livros para Uri na hora de dormir.

Essa suspeita é confirmada quando Dimitri assente para a rainha Elsa, e ela aponta uma arma na direção de Uri.

É, vamos pensar nisso por um segundo. Dimitri, o pai de Uri, acaba de dar a ordem de matar o próprio filho.

Cara bacana.

Não sou fã dos raps de Uri, mas acho rude matar o próprio filho. Então, aponto minha arma — porcaria de arma, eu odeio você — mais uma vez, e miro a rainha do Gelo. Desculpe, querida, pelo menos será morta em um estilo extremamente chique.

*Sayonara*, rainha do Gelo.

*BLAM!*

Espere.

Não fui eu.

Nem atirei ainda.

E também não é Uri caído no chão. Não, pessoal. Uri continua de pé bem ali. Feliz da vida.

Consegue adivinhar quem está no chão?

Isso, adivinhou.

Dimitri.

O chefão de Moscou, e sujeito geralmente satânico, está se contorcendo na neve. Pelo menos parece vivo o bastante para olhar e ver o filho beijando sua namorada.

— Espere. Mas que diabos?

Digo aquilo mais para a árvore atrás da qual estou escondida. Mas aposto que Dimitri pensa a mesma coisa.

É um beijo bem demorado. Quero dizer, ainda está rolando.

E rolando.

Eeeeee rolando.

— Jesus, arrumem um quarto.

Mas a árvore não ri.

E, antes que eu perceba, Uri e a rainha Elsa estão entrando no avião, deixando Dimitri se revirando na neve, sentindo-se como um maldito tolo. Através de uma janela, vejo Raynes perto da traseira. É. Pegaram ele.

— Espere! Espere espere espere espere!

Disparo em sua direção.

Mas eles não me escutam com o barulho do motor. Corro pela neve até eles, mas agora o vento está aumentando.

O avião taxia para decolar, com o motor explodindo e a neve chicoteando em frenesi, e é basicamente isso.

É isso.

O avião está literalmente deixando a pista, e eu estraguei tudo.

Estraguei a porra toda.

# 14

Jamais fui boa em ser corajosa.

Até as pequenas coisas que fiz, o jiu-jítsu, aquelas coisas chiques, eu sempre tive certeza da vitória. Contra aqueles cabeças de vento no Applebee's? Contra aqueles cabeças de vento atrás do bunker-bar? Eu tinha certeza de que venceria. E não é verdadeiramente corajoso se você sabe que vai vencer.

Mas isto...

Isto não posso vencer.

Isto é um avião decolando, em uma pista cheia de neve, em algum lugar próximo de Moscou. Quem sou eu, Ethan Hunt? Em meus melhores dias, eu estaria arruinada. Mas agora, mancando na neve depois de levar um tiro e ser chutada e depois chutada mais uma vez. Esqueça. Simplesmente.

Em algum lugar à esquerda, pela neve, posso ouvir Dimitri rolando no chão, praguejando.

— Você é um pai horrível!

Grito alto por causa do motor.

— E você é americana fraca. Vá para casa, para mamãe.

Ele praticamente cospe aquilo.

E é quando compreendo. Acabou casa. Acabou para minha família. Para minha mãe e meu pai, e seja lá qual vida, qual futuro, tínhamos juntos.

Não.

Não, não vou me render docilmente na noite.

Antes de perceber, estou correndo com tudo o que tenho até o final da pista a fim de ultrapassar o avião. Paro a uns 9 metros do nariz da aeronave, bem ali, bem a sua frente na pista, bloqueando o caminho.

Sou só eu agora, a pequena e destroçada eu, com a neve rodopiando ao redor e o som do motor do jato, como um grito. Apenas eu contra este avião.

O que foi que Viv disse no treinamento? Antes de eu bater com o Viper? Se você perder o controle em uma superfície molhada ou cheia de neve, pode ser muito mais difícil recuperar o controle.

Preciso me aproximar.

Quanto mais perto chego, mais eles são forçados a desviar para o lado.

E perder o controle.

Em uma superfície molhada ou cheia de neve.

(Neste caso, praticamente um rinque de patinação no gelo.)

Eu me aproximo mais.

E ainda mais.

Fico parada ali, olhando para a cabine do piloto, diretamente para o piloto. Fico ali. Uma garotinha contra o mundo.

E não estou mais me vendo de cima. De repente, estou dentro de mim mesma, e não a uma distância. De repente consigo ser eu novamente.

Não há ironia naquilo, não há sarcasmo, não há cintos de segurança, não há precauções.

Neste momento, este momento no qual posso ser eu novamente, defendo tudo o que já conheci e tudo o que já amei.

E de cabeça erguida.


Mais tarde, fico sabendo da conversa na cabine do piloto naquele exato momento. É mais ou menos assim...

Piloto:

— Você quer que eu a atropele? Ela já está ferida, então não seria...

Uri:

— Não! Não. Só me dê um segundo... PORRA! Essas garotas americanas são tão irritantes!

E, então, ele dá a ordem.

Mas o que parece daqui, daqui do asfalto...

É que parei o avião.

Eu parei.

Um.

Maldito.

Avião.

# 15

Nunca estive em um jatinho particular. Tudo o que consigo realmente absorver, em minha superficial inspeção da cabine, é que acho que bilionários realmente curtem painéis de madeira. Tudo bem. Não estou aqui para julgar. Mas vou lhe dizer uma coisa. Daria para fotografar uma campanha da American Apparel aqui, contra qualquer uma destas paredes, sem pagar um centavo de cenografia. E tenho certeza de que não era essa a intenção.

Raynes está sentado no fundo, algemado ao assento.

— Isso é mesmo necessário? Quero dizer, o que ele vai fazer? Sair voando a dez mil pés? Pular para o abismo?

— É por precaução.

Foi a rainha de Gelo.

— Ok, preciso dizer que você está basicamente arrasando com seu chapéu.

Ela parece genuinamente surpresa.

— Mas, por favor, me diga que não é pele de verdade.

— Não. É Valentino.

323

— Ah, eu amo Valentino! Realmente gostei de sua coleção de outono do ano passado. Especialmente aquele vestido com um coração. O de chiffon.

Uri olha para nós duas, intrigado.

— Sim. Eu tenho vestido. — Uau. Rainha Elsa de fato possui a maior maravilha entre os vestidos da história da humanidade.

— Ok, sou pura inveja neste momento.

Ela sorri.

Viu.

Habilidades sociais.

— Uri, apenas gostaria de agradecer por não ter me atropelado.

— De nada, mas você também é pé em meu saco.

— Certo. Eu entendo. Mas Uri, acho que cabe perguntar... que diabos está acontecendo aqui? Você sabe que seu pai está, tipo, se revirando na pista lá atrás, na neve, não?

E é verdade. Só consigo imaginá-lo amaldiçoando o mundo conforme ascendemos para o grande céu aberto.

Carma.

— Sabe, Paige América, seu namorado ser homem caro. Ele ter bom preço. Meu pai queria vendê-lo para maior licitante. No caso, maior licitante ser sultão de Dubai.

— Então estamos indo para Dubai?

— Não exatamente. — Rainha Elsa está bem satisfeita consigo mesma.

— Sabe, eu também tenho namorada. — Uri olha amavelmente para rainha Elsa, que, preciso admitir, não parece mais tão gelada.

— E namorada me contou segredo. E consegui negócio melhor. Cida-

**324**

dania. Na América. E preço. Não tão alto. Mas América é lugar para hip-hop. Vale a pena.

— Espere. De quem? Da CIA?

— Não. De horrível bilionário republicano que quer desfilar com ele, como um pônei cor-de-rosa. Talvez para ganhar próxima eleição.

— Talvez fazer desfile para caipiras.

Foi rainha Elsa falando. Ela não parece gostar de caipiras.

— Então onde vamos pousar?

— Texas.

— NÃOOOOOOOOOOooooooooooo! Não não não não não! Ok, escute. Raynes? Está escutando?

— Er. Sim.

— Você vai para a cadeira. Sabe disso, certo?

— Acho que sim.

— Você vai apodrecer na prisão pelo resto da vida. Sem repórteres. Sem atenção. Nada. Para sempre. Tipo, até depois da singularidade. Tipo, serei metade robô e você ainda será um humano inferior. E nosso amor proibido ciborgue/humano será ilícito, ainda que romântico.

Rainha Elsa e Uri se entreolham.

— Mas isso não importa agora! O que importa é... posso consertar isso. Se... você prometer... *prometer* não divulgar a lista. Não vou salvar você para que depois deixe todas aquelas pessoas morrerem. De jeito algum. Entendeu?

Raynes fica me olhando.

— Então, recapitulando: suas opções são... apodrecer na prisão até depois da singularidade, que especulam para o ano de 2043, ou... destruir a lista e, assim, eu poder te salvar.

— Parece ser escolha fácil, mano — oferece Uri.

— Não diga *mano*. — Sou eu.

— Por que não? Por que não dizer *mano*?

— Parece um babaca. — Rainha do Gelo falando.

Ela e eu nos olhamos. Na linguagem internacional do reino das garotas.

Raynes pensa no assunto. Ficamos nos encarando em um impasse temporário.

— Realmente ia me matar lá embaixo?

— Tenho quase certeza de que não. Mas não tenho cem por cento de certeza. Não tenho nem 98 por cento. Talvez 97.

— O que a impediu?

— Bem, *dã*. Eu meio que gosto de você. Um pouquinho. Não, tipo, muito. Tipo: *Ah, penso nessa pessoa antes de dormir, e imagino o que ela está fazendo, e, quando escuto Elliott Smith, me lembro dela porque o escutamos juntos no Ramallah Café, uma noite acima das luzes da cidade de Moscou...*

— Que romântico. — Este momento de sarcasmo foi oferecido a você pela rainha do Gelo.

Raynes e eu nos entreolhamos. Finalmente, ele assente.

— Ok.

— Me dá sua palavra?

— Sim. Você tem minha palavra.

— ÉEEEE!! — Pulo quase um metro. — Além disso, também gostaria de oferecer a você a oportunidade de ser meu namorado.

Ele sorri.

— Acho que não.

— Ai — solta Uri.

— Tudo bem. Eu entendo. Sei que temos algumas questões de confiança. É difícil superar quando sua namorada quase te mata.

Raynes e eu nos olhamos novamente. Estamos bem. Seja lá o que acontece, eu e ele, somos a Suíça.

Eu me volto para Uri:

— Ok, agora, Uri. Realmente quer ser um americano?

— Claro. Vou ser astro do hip-hop.

Mais uma vez rainha Elsa e eu trocamos um olhar significativo. Acho que nós duas resolvemos poupá-lo da conversa a respeito de suas expectativas irreais.

— Ok, bem, eis a questão, Uri. Vou agora pedir a você que faça uma coisa. E vou confessar o que sei ser verdade, do fundo do coração, bem abaixo de toda trapaça e sarcasmo. Mas a verdade é que... ser americano não tem a ver com ter um carro veloz ou muito dinheiro ou ser famoso. Significa fazer a coisa certa. E estou pedindo a você, Uri. Estou pedindo, com todo o coração, para que faça a coisa certa.

— *Da*. — Uri estufa o peito estreito. — Eu serei melhor americano.

— Excelente. Cadê seu telefone?

# 16

O terminal de desembarque do Aeroporto Internacional de Oakland é branco e de aço inoxidável, com uma placa de "Bem-vindo!" em mais de quarenta línguas diferentes acima da entrada: "*Dobrodošli*, 欢迎, *Vítáme tě*, *Bienvenue*, مرحبا, *Willkommen*, *Καλώς*, *Aloha*, *Benvenuto*, *Shalom*, *Dobro pozhalovat*".

É um aeroporto sonolento. Geralmente bastante vazio.

Exceto hoje.

Hoje, o Aeroporto Internacional de Oakland quase parece o Coachella.

A entrada está coberta de parede a parede por um mar de rostos em expectativa, placas e cartazes.

Sejamos sinceros. A maioria é de alunos e professores da Berkeley. Mas há algumas pessoas de São Francisco também, e de Portland, e oito vans de imprensa com jornalistas correndo pelo lugar e, sim, até algumas celebridades. Não quero citar nomes, mas aqui estão Susan Sarandon e Mark Ruffalo, e lá está Michael Moore. Não olhe. Aja casualmente. Pare, você está me envergonhando.

Se está se perguntando se vieram ver você, sinto muito, mas a resposta é não. E certamente não estão aqui para me ver, considerando que sou apenas um peça da proverbial engrenagem.

Mas esta peça da engrenagem conseguiu fazer uma coisa que jamais achei que este peça da engrenagem faria.

Esta peça conseguiu... através de Deus ou Buda ou Alá ou Jeová ou seja lá em que você acredite... soar o alarme pelo Twitter, Facebook, Tumblr, Instagram, Snapchat, e-mail, sinais de fumaça, pombo-correio e qualquer coisa mais em que possa pensar.

Contei da volta de Raynes.

Contei que estávamos aterrissando.

E quando.

E contei a eles, a todo mundo, que precisavam vir até nós, e trazer todos que conhecessem ou que já tivessem conhecido que se importavam com este país e o futuro deste país.

Contei que Sean Raynes seria levado para uma prisão supersecreta na calada da noite, e que provavelmente seria executado, a não ser que estivessem lá. Todos eles.

E que eram sua última chance de liberdade.

E que este era seu momento.

Quer saber um segredo? Uma coisa que eu não contaria a uma alma viva a não ser você, a quem estou contando agora, agora que já passamos por tanta coisa juntos? Realmente não achei que isso daria certo. Achei que estava maluca. Achei que estava apelando. Achei que *eu* acabaria na prisão.

Mas, vendo as centenas e centenas de rostos — todos comemorando a volta de Raynes, hordas deles, formando um círculo ao redor de Raynes, protegendo Raynes, gritando "Liberdade!" e "Nossos direitos! Direitos de Raynes!" —, me dou conta. Está dando certo.

A polícia apenas fica ali, ao redor das hordas, se entreolhando, esperando por uma ordem. Mas não há ordem sendo dada. Mesmo que pudessem alcançá-lo, ninguém quer ser aquele que dá a ordem; ninguém quer arrastar Raynes dali na frente das câmeras. Não com tudo isso. Poderia pôr fim a uma carreira. Da polícia. Do prefeito. De seja lá quem dá uma ordem daquelas.

E eu seria capaz de beijar este solo liberal do norte da Califórnia.

Porque deu certo.

Ninguém precisou morrer no final.

Missão cumprida.

# 17

Há uma treliça de madeira escura acima de nós, coberta de buganvília fúcsia vibrante. Abaixo dela, me encarando por cima de meu café com leite de amêndoas, está Madden.

— Vai ficar feliz em saber que seu melhor amigo Uri obteve asilo, assim como sua namorada extremamente atraente. E ganhou uma bela quantia em dinheiro. Como gesto de boa vontade.

— Ela é mesmo loucamente linda, não é? É quase como se fosse alienígena ou algo assim. Eu a chamo de rainha do Gelo.

— Adequado.

Pelos alto-falantes, George Ezra canta "Budapest". É uma cançãozinha alegre e comovente, e parece que todos os nossos problemas, de alguma maneira, voaram para longe, para além da buganvília rosa-choque.

— Então, meu querido Madden, em uma escala de um a dez... estou demitida?

— Por quê? Por desobedecer completamente às ordens e trazer o inimigo público número um de volta ao centro do universo liberal para sermos obrigados a perdoá-lo?

— Tipo isso.

— Sabe, isso pode te surpreender, mas a presidente dos Estados Unidos, *sua* comandante em chefe, pediu para que eu expressasse sua gratidão. Ela disse que admira seu destemor.

— Uau. A presidente dos Estados Unidos admira meu destemor. Está com ciúmes?

— Talvez. É possível. Ninguém jamais comentou sobre *meu* destemor.

Bebo para disfarçar meu sorrisinho.

— A propósito, tenho algumas gravações interessantes para mostrar a você. Se quiser. Do pai de Uri. Dimitri. Plantamos uma câmera no Turandot. Seu restaurante favorito. Você até está em um dos vídeos. Parecendo bem sem noção, temo eu.

— Ah! Estou ansiosa para vê-las.

Viu, era Madden o tempo todo. Com os vídeos. Agora você já pode dormir em paz.

De nada.

— Então? E quanto a meus pais? Acho que passei no teste. Não acha?

— Passou. E sabemos onde eles estão. Agora só precisamos ir até eles.

— Agora *eu* só preciso ir até eles.

— Acha que está pronta para isso?

Eu o encaro fixamente. *Dã.*

— Vai precisar aprender árabe.

— Começo esta noite.

— Foi o que pensei. Você é osso duro de roer. Respeito isso. Mesmo sendo irritante.

Sorrimos um para o outro. É quase como rever um velho amigo. Alguém de muito, muito tempo atrás.

— E Raynes?

Ele dá de ombros.

— Olhe, ele tem a melhor equipe de advogados do país. Pagos por um monte de gente, da MoveOn a Sean Penn.

— É, ouvi falar. Achei que podia ser boato.

— Estão chamando de julgamento do século. Nada mal para a primeira vez, Paige.

Ele se levanta para ir embora.

— A propósito... eu sabia que você não ia matá-lo.

— Ah, tá.

— Na verdade, por que acha que fui atrás de você? — sussurra, se aproximando. Ele endireita as costas. — O mundo precisa questionar o paradigma dominante.

Ele me olha de um jeito meio secreto e sábio, e se levanta.

Ao passar pela porta, ele olha para trás.

— Ah, deixei uma coisa aí para você.

Ele assente e sai para o mundo sem glúten e com chai gelado.

E ali está. Debaixo da mesa. Alguma coisa emoldurada.

Rasgo o indistinto papel crepom marrom e olho.

Lá está, aquela pintura do coiote uivando para a lua, do motel cheio de pulgas. A que falei ironicamente que queria comprar. Em Monument Valley.

Não posso acreditar que ele conseguiu isso para mim. Mais que isso, não posso acreditar que tem uma coisa colada no verso.

Ah.

Entendo.

Minha próxima missão.

# AGRADECIMENTOS

Será que esqueci alguém? Se sim, por favor me perdoe. Recebi ajuda de tantas maneiras, de tantas pessoas, que estou ao mesmo tempo impressionada e grata.

Então, lá vai: minha mãe, meu pai, irmão, irmã, madrasta e padrasto. Minha agente, Rosemary Stimola, que é como biscoitos e leite. Minha editora, Kristen Pettit, que tem sido incrível, gentil, brilhante e simplesmente o máximo. Elizabeth Lynch e todos da HarperCollins, naquelas salas de vidro, com o contrato de Herman Melville em algum lugar à vista. Em Los Angeles, preciso agradecer a meu agente, Jordan Bayer, da Original Artists. Preciso agradecer a Wyck Godfrey e Jaclyn Huntling da Temple Hill. Seu insight para este livro, e o filme, foi verdadeiramente inspirador e essencial. É claro, Greg Mooradian e todos da Fox 2000. Preciso agradecer a meus amigos próximos Dawn Cody, Brad Kluck, Mira Crisp e Io Perry. Vocês são tão bons. E, é claro, meu marido, jornalista e incentivador, Sandy Tolan. Amo você com todo o coração e, especialmente, a forma como você nunca falha em fazer alguma algazarra em prol daqueles que precisam. Você é verdadeiramente minha melhor metade. E por último, mas não menos importante, a meu amado filho, Wyatt. Eu poderia sacudir todas as estrelas do céu e mesmo assim nunca teria tanta luz quanto você.

Este livro foi composto na tipologia Goudy Oldstyle Std,
em corpo 12/19, e impresso em papel off-white,
no Sistema Cameron da Divisão Gráfica
da Distribuidora Record.